孙宜学◎主编

婉约词

刘莹莹◎编著

朝華出版社
BLOSSOM PRESS

图书在版编目（CIP）数据

婉约词 / 刘莹莹编著 . -- 北京：朝华出版社，
2025. 1. -- (启秀文库 / 孙宜学主编). -- ISBN 978
-7-5054-5534-4

Ⅰ . I222.82
中国国家版本馆 CIP 数据核字第 20240WL893 号

婉约词

刘莹莹　编著

选题策划　黄明陆
责任编辑　韩丽群
责任印制　陆竞赢　訾　坤

出版发行　朝华出版社
社　　址　北京市西城区百万庄大街 24 号　　　**邮政编码**　100037
订购电话　（010）68995509
联系版权　zhbq@cicg.org.cn
网　　址　http://zhcb.cicg.org.cn
印　　刷　三河市龙大印装有限公司
经　　销　全国新华书店
开　　本　920mm×1260mm　1/16　　　　　　**字　　数**　140 千
印　　张　12.25
版　　次　2025 年 1 月第 1 版　　2025 年 1 月第 1 次印刷
装　　别　精
书　　号　ISBN 978-7-5054-5534-4
定　　价　45.00 元

"启秀文库"编委会

总 策 划　黄明陆

主　　编　孙宜学
副 主 编　陈曦骏
编　　委　（按姓氏笔画排序）

万　平	马　骅	王　圣	王应槐	王奕鑫
王福利	尹红卿	白云玲	刘莹莹	刘慧萍
关慧敏	江晓英	花莉敏	杜凤华	李慧泉
杨　雪	肖玉杰	吴留巧	邱小芳	余　杨
宋沙沙	张　莹	张艳彬	张晓洪	张婷婷
陈宇薇	林萱素	易　胜	罗诗雨	胡健楠
段晨曦	徐长青	殷珍泉	陶立军	曹永梅
董洪良	韩　榕	端木向宇	谭凌霞	

封面题签　赵朴初

总序

中国传统文化经典作品是中国智慧的结晶和集中体现，源于中国人的生存智慧、生命智慧，是一代代中国人对天地万物、时序经纬的心灵感悟和提炼总结，已成为人类精神文明的宝贵财富。至今，这些作品仍能释日常生活之惑、解亘古变化之谜，为世界的未来提供中国范式。

中国和世界需要既包蕴中国传统文化精髓，又能真实反映新时代中国文化新发展、新概念的中国传统文化经典著作，这样的著作应具备以下特点：

1. 兼具知识的广度与理论的深度。能撷取中华优秀传统文化的精华，体现中国人的思维方式和中国文化特质，同时具有内在的理论逻辑，集知识性、系统性、科学性于一体。

2. 兼具学术的高度和历史的维度。能讲清楚"何谓'文'""何谓'化'"和"何谓'文化'"，并立足于中国和世界文化发展史，以中国传统文化典籍为历史线索，阐释、勾勒出中国文化发展历史的昨天、今天和明天。引导读者通过中国文化内涵的特殊性和普适性元素了解中国文化如何不断推陈出新，中国智慧如何不断博观约取、吐故纳新。

3. 兼具精准的角度和客观的态度。能基于读者的客观诉求、阅读习惯和审美习惯，充分发掘和利用中国的地域、经济和文化特点，全面深入研究中国文化资源，保证经典著作能"贴近不同区域、不同国家、不同群体受众"，更直接有效地"推进中国故事和中国声音的全球化表达、区域化表达、分众化表达"。

4. 兼具多元的维度与开放的幅度。能基于世界阅读中国的目标，从中外文化互鉴视角，成为世界文化多维度交流互鉴的载体和可持续阐释的源文本。

我们选编这套"启秀文库"，即因此，并为此。中国人阅读这些作品，可以学会更好地生活；外国人阅读这些作品，可以了解和理解中国人的美好生活是一种什么样的历史形态。中外读者共同汲取其中的智慧，可以知道如何建设一个和谐美丽的世界，以及未来的世界会如何美好。

伟大的经典作品，都是为了将日常的生活变得更加美好。在建设"人类命运共同体"的今天，中国文化的精神滋养不应只培育中华民族子孙的天下情怀，还应引导世界人民学会欣赏中国之美、中国之魂、中国之根，在促使世界更深刻理解中国的历史和当代的同时，实现不同民族文化的和谐相处、共生共进。

在中华民族开启向第二个百年奋斗目标进军的新征程之际，中国文化发展也必将进入一个新阶段。这套丛书的时代价值，在于其将"中华文化感召力、中国形象亲和力、中国话语说服力、国际舆论引导力"融入编写、注释和诠释的全过程，从而使传统文化经典作品更能适应新时代，更有能力承载与传播中华文化精髓，向世界讲好中国故事。

2024 年 7 月

于同济大学

　　婉约词是一种配乐歌唱的新体诗，从其诞生之日起，就与音乐结下了不解之缘。其以抒情化和形象化的高艺术性、高细节性为特色，体现了诗性和梦幻般的文学情思。

　　《旧唐书·温庭筠传》曾记载飞卿"能逐弦吹之音，为侧艳之词"。词人们既有文学素养，又都洞晓音律，每填一阕，往往锤字炼句，审音度曲，把如画的意境、精练的语言和美妙的音乐紧密结合起来，使所填词作既表情达意，又悦耳动听，具有感人的艺术魅力。婉约词便是在此基础上发展起来的。

　　在魏晋时期，虽然还没有形成明确的婉约词派，但当时的文学作品（比如曹丕的《燕歌行》）已经展现出了一定的细腻、柔美的特质，这些特质可以被视为婉约词风的雏形。花间词派、南唐词风以及李煜的词是婉约词发展过程中的重要代表。词人们以其卓越的才情和深情的笔触，为婉约词的发展作出了杰出贡献。他们的词作不仅具有极高的艺术价值，更在情感表达上深入人心，使读者能够深刻感受到词人的内心世界。

　　婉约词出现较早，从唐五代以温庭筠为代表的"花间派"开始，继有宋初的晏殊、晏幾道，同时期的柳永等，他们在词的表现方法上大有改进。之后，秦观、贺铸、李清照继起。在取材方面，婉约词多写儿女之情、离别之绪，多用含蓄蕴藉的方法表达情绪，风格绮丽。

当然，婉约词也不乏抒写感时伤世之作。词人们把家国之恨、身世之感，或打入艳情，或寓于咏物，表面抒写爱情、描摹物象，实际上却别有寄托。言情闲雅而不轻薄，辞语工丽而不淫艳，为人们所赞赏。

本书选取了众多婉约派大家词作，总计 77 篇。书中有词人小传，配合译文与鉴赏，辅之名家评注，能够有效地展示词人们的思想，提高读者的审美鉴赏能力，深化读者的情感体验。在编写过程中，编者参阅了王世贞、况周颐、陈廷焯、唐圭璋、俞陛云、俞平伯、薛砺若等先生的有关著述。

由于水平和资料所限，在选词解读中有不恰当或疏漏之处，望读者、专家们批评指正。

编者

2024 年 9 月

目录

李璟

李璟（916—961），五代十国时期南唐第二位皇帝，同时是一位卓越的文学家与艺术家。他的词作感情真挚，风格清新，语言不事雕琢，其中"小楼吹彻玉笙寒"等名句更是流传千古。他的诗词被后人录入《南唐二主词》中，成为中国古代文学宝库中的珍贵遗产。

李璟热爱艺术，常与大臣韩熙载、冯延巳等饮宴赋诗，推动了南唐文化艺术的发展。他的一生充满传奇色彩，在政治与文学的交织中留下了深刻的印记。

望远行（玉砌花光锦绣明）

玉砌花光锦绣明，朱扉长日镇长扃。夜寒不去梦难成，炉香烟冷自亭亭。

辽阳月，秣陵砧，不传消息但传情。黄金台下忽然惊，征人归日二毛生。

译文

碧玉般的台阶旁，花儿盛开，景色美丽夺目。然而，那两扇朱红色的门扉却终日紧闭。漫长的夜晚悄然降临，闺房中尚存的那一抹寒意迟迟未能散去。少妇试图在梦中寻觅情人的身影，然而思绪纷乱，久久难以入眠。炉中的香已经燃尽，唯余一缕青烟在空中袅袅升起。

在这金陵的月色下，她独自捣衣，那声声捣击仿佛是她心中寸寸柔肠被捣碎。她抬头遥望那轮明月，想象着情人此刻所在的地方，心中充满了无尽的期盼。然而，那月亮似乎有意与她作对，不愿传来情人的消息，只将那份脉脉的深情洒向大地。她心中明白，即便有一天忽然传来他立下战功的消息，当他凯旋之日，她或许已经两鬓斑白，青春不再。

【鉴赏】

　　整首词情感真挚，意境深远，词人通过对自然景色和人物心理的细腻描绘，将少妇的孤独、期盼、无奈等情感表达得淋漓尽致。同时，词人将自身的情感寄寓其中，使得这首词既具有闺怨词的柔情蜜意，又带有词人自身的深沉感慨。

　　开篇即以"玉砌花光锦绣明"勾勒出明媚的春光，然而这绚烂的景色与"朱扉长日镇长扃"的孤寂形成鲜明对比。朱红色的门扉紧闭，暗示着少妇内心的孤独与无奈。这种孤寂的氛围在"夜寒不去梦难成"一句中得到了进一步的渲染，少妇试图在梦中寻找慰藉，却终难成眠。

　　下片通过"辽阳月"与"秣陵砧"两个意象的巧妙组合，将征人与思妇的两地相思之情表达得淋漓尽致。月亮既照在辽阳，也照在家乡，少妇抬头望月，心中充满了对远方征人的思念与期盼。然而，消息沉沉，归期未卜，这种期盼与无奈交织在一起，构成了词作深沉的情感基调。

　　在艺术手法上，词人巧妙地运用了对比、象征等手法，使词作更具艺术魅力。此外，词人还通过描绘自然景色来渲染氛围，使得词作的意境更加深远。

【名家集注】

　　明·卓人月《古今词统》：髀里肉，鬓边毛，千秋同慨。

俞陛云《唐五代两宋词选释》：上阕写所处一面之情景。惟寒梦难成，醒眼无聊，但见炉烟之亭亭自袅，善写孤寂之境。其下辽阳、秣陵，始两面兼写。"传情"二字，见闻砧对月，两地同怀。结句言忽见北客南来，雪窖远归，鬓丝都白，则行役之劳，与怀思之久，从可知矣。

詹安泰《李璟李煜词校注》：这是一首抒写怀念远人的小词。日间花光明媚，正堪游乐，而这人关门不出，既然可以看出这人的心已蒙上了重重的暗影，无法开朗了；加以夜间睡不着，老是在等待着什么似的，更可以看出这人的心已煎熬到极其焦迫的境地；何况又传来月下的砧声，声声捣碎离人心，而消息依然是沉沉！过着这样度日如年的生活的人，发出"回得家时头发该是斑白了"的惊叹，就成为合情合理的事了。

王仲闻《南唐二主词校订》：案此首别误作李煜，见《古今词统》卷七、《词律》卷七、《历代诗余》卷二十九、《全唐诗》第十二函第十册（词一）。

摊破浣溪沙（手卷真珠上玉钩）

手卷真珠上玉钩，依前春恨锁重楼。风里落花谁是主？思悠悠！

青鸟不传云外信，丁香空结雨中愁。回首绿波三楚暮，接天流。

译文

轻轻地卷起珠帘，挂在精美的玉钩上。那份浓郁的春愁，依旧封锁着重重楼阁。在这春风中，凋零的花瓣随风飘落，究竟谁是它

3

李璟

们的主人？我思绪万千，悠然飘远。

青鸟无法传递云外的音信，丁香的花蕾在雨中徒然结出忧愁。我回首望向那碧波荡漾的三峡，已是暮色苍茫，江水仿佛接上了天际，滚滚东流。

鉴赏

全词以细腻的笔触、深沉的情感和唯美的意境，表达了词人深深的春愁与思念。

首先，这首词的开头"手卷真珠上玉钩"以一种平淡无奇的方式展开，但其中却蕴含了丰富的情感。真珠帘的卷起，既是词人对外面世界的期待，也是对内心情感的释放。然而，卷帘之后词人所见并非所愿，而是"依前春恨锁重楼"，春愁依旧，如同被锁在重重楼阁之中，无法消散。这种情感的变化和转折，使得词首两句充满了张力。

其次，词人通过"风里落花谁是主"的描绘，将春愁具象化，赋予了落花以象征意义。风中的落花，既代表了春天的消逝，也象征着人生的无常和身世的飘零。这种象征手法的运用，使得词人的情感表达更加含蓄而深沉。

再次，青鸟和丁香的意象为这首词增添了浓厚的情感色彩。青鸟作为传递信息的使者，却无法传递云外的音信，使得词人的期待落空，增添了无尽的惆怅。丁香结则象征词人的愁心，在雨中空结，更显得愁绪无边。

最后，词人回首望向"绿波三楚暮，接天流"，将视线从近处的楼阁、落花转向远处的三峡江水，以浩渺的江水来象征词人无尽的愁思和思念。这种由近及远的描绘手法，使得词人的情感表达更加深邃而广阔。词人通过巧妙的意象运用和象征手法，将春愁与思念表达得淋漓尽致，令人感受到那份无尽的忧伤和惆怅。

明·沈际飞《草堂诗余正集》：落花一事而用意各别，亦各妙。

明·王世贞《艺苑卮言》："细雨梦回鸡塞远，小楼吹彻玉笙寒""青鸟不传云外信，丁香空结雨中愁"……非律诗俊语乎？然是天成一段词也，著诗不得。

清·陈廷焯《云韶集》：那不魂销，绮丽芊绵。置之元明以后，便成绝妙好词，缘彼时尚以古为贵故。

李煜

李煜（937—978），南唐末代君主，同时是一位杰出的词人，被誉为"词圣"或"千古词帝"。他原名从嘉，字重光，号钟山隐士，祖籍彭城（今江苏省徐州市）。

李煜早年的生活无忧无虑，闲散自在，他依着自己的喜好与兴趣，读书识字、作诗填词、弹琴度曲。然而，命运多舛，他先后失去了兄长、父母和妻儿，生活陷入沉痛压抑。南唐在与宋的交战中败亡后，李煜被俘至汴京，开始了他的囚徒生涯。

尽管生活境遇悲惨，他的词作却流传千古。其词作情感真挚，意境深远，展现了他独特的艺术才华和深沉的情感世界。太平兴国三年（978），李煜在汴京去世，终年四十一岁，被追封为吴王，他的词作永远留在了人们的心中。

虞美人（春花秋月何时了）

春花秋月何时了，往事知多少？小楼昨夜又东风，故国不堪回首月明中。

雕栏玉砌应犹在，只是朱颜改。问君能有几多愁？恰似一江春水向东流。

译文

春花秋月的美好时光，何时才会终结？从前的事情，又记得多少呢？昨夜小楼上又吹来了春风，在这皓月当空的夜晚，怎能承受得了回忆故国的伤痛。

精雕细刻的栏杆、玉石砌成的台阶应该还在，只是所怀念的人已衰老。要问我心中有多少哀愁，就像那不尽的滔滔春水滚滚东流，永无止境。

鉴赏

《虞美人》（春花秋月何时了）是李煜的代表作之一，以其深沉的情感、优美的意境和出色的艺术表现力，成为宋词中的经典之作。

首先，这首词以春花秋月起兴，引发词人对时光流转和人生无常的感慨。春花秋月本是自然界中最美好的景物，但在李煜的笔下，它们却成为触发他内心哀愁的媒介。词人通过描绘这些景物，表达了对美好时光易逝的无奈和惋惜，同时暗示自己身陷困境，无法享受这些美好时光的悲哀。

其次，词人通过回忆故国往事，表达了对故国的深深思念和无尽哀愁。他回想起南唐的王朝、李氏的社稷，那些曾经的辉煌和荣耀，如今都已成为过眼云烟。词人用"雕栏玉砌应犹在，只是朱颜改"来表达对故国变化的感慨，同时暗含了对自身命运的无奈和悲哀。这种将个人命运与国家兴亡紧密相连的写法，使得这首词的情感表达更加深沉有力。

再次，词人巧妙地运用了比喻和象征的手法，将心中的哀愁具象化。他以"一江春水向东流"来比喻自己无尽的愁思，使得这种情感的表达更加生动形象。同时，这种比喻赋予了整首词更为广阔的意境和深远的意义。

最后，这首词的语言优美动人，音韵和谐，读起来朗朗上口。词人通过运用丰富的修辞手法和细腻的情感描绘，使得整首词充满了诗意和美感。这也是这首词能够广为传颂、历久弥新的重要原因之一。

李煜

名家集注

宋·俞文豹《吹剑录》：诗有一联一字唤起一篇精神。李顾诗："请量东海水，看取浅深愁。"李后主词："问君能有几多愁？恰似一江春水向东流。"

宋·罗大经《鹤林玉露》：诗家有以山喻愁者。如少陵诗云"忧端如山来，澒洞不可掇"，赵嘏云"夕阳楼上山重叠，未抵春愁一倍多"是也。有以水喻愁者，李顾云"请量东海水，看取浅深愁"，李后主云"问君都有几多愁，恰似一江春水向东流"，秦少游云"落红万点愁如海"是也。贺方回云："试问闲愁知几许？一川烟草，满城风絮，梅子黄时雨。"盖以三者比之愁之多也，尤为新奇，兼兴中有比，意味更长。

明·王世贞《艺苑卮言》："归来休放烛花红，待踏马蹄清夜月"，致语也。"问君能有几多愁，恰似一江春水向东流"，情语也。后主直是词手。

明·董其昌《评注便读草堂诗余》：山谷羡后主此词。荆公云：未若"细雨梦回鸡塞远，小楼吹彻玉笙寒"尤为高妙。

明·尤侗《苍梧词序》：每念李后主"小楼昨夜又东风"，辄欲以眼泪洗面；及咏周美成"低鬟蝉影动，私语口脂香"，则泪痕犹在，笑靥自开矣。词之能感人如此！

清·谭献《词辨》：终当以神品目之。

清·陈廷焯《云韶集》：一声恸歌，如闻哀猿，呜咽缠绵，满纸血泪。

王闿运《湘绮楼词选》：常语耳，以初见故佳，再学便滥矣。"朱颜"本是山河，因归宋不敢言耳。若直说"山河改"，反又浅也。结亦恰到好处。

唐圭璋《唐宋词简释》：此首感怀故国，悲愤已极。起句，追维往事，痛不欲生；满腔恨血，喷薄而出：诚《天问》之遗也。"小楼"句承起句，缩笔吞咽；"故国"句承起句，放笔呼号。一"又"字惨甚。东风又入，可见春花秋月，一时尚不得遽了。罪孽未满，苦痛未尽，仍须偷息人间，历尽磨折。下片承上，从故国月明想入，揭出物是人非之意。末以问答语，吐露心中万斛愁恨，令人不堪卒读。通首一气盘旋，曲折动荡，如怨如慕，如泣如诉。

俞平伯《读词偶得》：奇语劈空而下，以传诵久，视若恒言矣。……盖诗词之作，曲折似难而不难，唯直为难。直者何？奔放之谓也。直不难，奔放亦不难，难在于无尽。"恰似一江春水向东流"，无尽之奔放，可谓难矣。倾一杯水，杯倾水涸，有尽也，逝者如斯，不舍昼夜，无尽也。意竭于言则有尽，情深于词则无尽。"言之不足，故长言之；长言之不足，故嗟叹之"，老是那么"不足"，岂有尽欤，情深故也。人曰李后主是大天才，此无征不信，似是而非之说也。情一往而深，其春愁秋怨如之，其词笔复宛转哀伤，随其孤往，则谓为千古之名句可，谓为绝代之才人亦可。凡后主一切词皆当作如是观，不但此阕也，特于此发其凡耳。

相见欢（无言独上西楼）

无言独上西楼，月如钩。寂寞梧桐深院锁清秋。
剪不断，理还乱，是离愁。别是一般滋味在心头。

译文

孤独无言的我独自缓缓登上西楼。抬头仰望，只见天空残月如钩。低头望去，院中梧桐树孤立无依，整个庭院笼罩在清冷凄凉的秋色之中。

那深深的亡国之痛，如同剪不断、理还乱的乱麻，缠绕在我的

李煜

心头。这离别的思念与愁绪，如今在我心中又呈现出另一番不同的滋味，它更加深刻，更加难以言喻。

鉴赏

这首词通过描绘词人独自登楼所见之景，表达了词人内心的孤独和离愁别绪，情感深沉而细腻。无论是残月、梧桐还是清冷的秋色，都成为词人情感的载体，使整首词充满了诗意和美感。

词人以"无言独上西楼"开篇，展现了一个孤独、沉默的形象。这里的"无言"并非真的无言，而是词人内心深处的愁苦无法用言语表达，只能默默承受。"独上"则进一步凸显了词人的孤寂与凄凉，他独自一人登上西楼，无人陪伴，无人慰藉。这种神态与动作的描写，深刻揭示了词人内心的孤寂与痛苦。

接下来，"月如钩。寂寞梧桐深院锁清秋"的描绘，将读者的视线引向词人所见之景。那如钩的残月，不仅暗示了时令，更象征着词人内心的孤寂与凄凉。深院中的梧桐树，更是成为词人情感的寄托。它孤独地伫立在庭院中，叶子已被秋风扫尽，只剩下光秃秃的树干和几片残叶在风中瑟缩。

这凄凉的景象，与词人内心的孤寂与凄凉相互呼应，形成了一种深沉而凄美的意境。

"剪不断，理还乱，是离愁"一句，则通过比喻手法，将词人内心的离愁别恨表现得淋漓尽致。这里的"剪不断，理还乱"既是对离愁的具体描绘，也是对词人内心纷乱情感的生动写照；而"别是一般滋味在心头"进一步升华了词人的情感表达，使整首词充满了强烈的感染力和震撼力。

名家集注

宋·黄昇《唐宋诸贤绝妙词选》：此词最凄惋，所谓亡国之音哀以思也。

明·沈际飞《草堂诗余续集》：七情所至，浅尝者说破，深尝者说不破，破之浅，不破之深。"别是"句妙。

明·茅暎《词的》：绝无皇帝气。可人，可人。

清·王闿运《湘绮楼词选》：词之妙处，亦别是一般滋味。

清·陈廷焯《白雨斋词话》：思路凄惋，词场本色。

清·陈廷焯《云韶集》：凄凉况味，欲言难言，滴滴是泪。

唐圭璋《唐宋词简释》：此词写别愁，凄惋已极。"无言独上西楼"一句，叙事直起，画出后主愁容。其下两句，画出后主所处之愁境。举头见新月如钩，低头见桐阴深锁俯仰之间，万感萦怀矣，此片写景亦妙。惟其桐荫深黑，新月乃愈显明媚也。下片，因景抒情。换头三句，深刻无匹，使有千丝万缕之离愁，亦未必不可剪，不可理，此言"剪不断，理还乱"，则离愁之纷繁可知。所谓"别是一般滋味"，是无人尝过之滋味，唯有自家领略也。

刘永济《词论》：纯作情语，比托情景中为难工也。此类佳者，如李后主"剪不断，理还乱，是离愁，别是一般滋味在心头"。

乌夜啼（昨夜风兼雨）

昨夜风兼雨，帘帏飒飒秋声。烛残漏断频欹枕，起坐不能平。

世事漫随流水，算来一梦浮生。醉乡路稳宜频到，此外不堪行。

译文

昨夜风雨交加，那遮窗的帐子被秋风吹得飒飒作响，声声入耳。

屋内的蜡烛已燃烧殆尽，漏壶中的水也已滴尽，夜已深沉。我一次次地从梦中惊醒，斜靠在枕头上。无论是躺下还是坐起，我的思绪都无法平静。

人世间的事情，就如同这东逝的流水，一旦逝去，便再也无法挽回。回首我这一生，恍如大梦一场，过去的欢乐与痛苦，都如同过眼云烟，消散在风中。只有沉浸在醉酒之中，我才能暂时忘却心中的苦闷，获得片刻的宁静。此外别的方法都行不通。

鉴赏

《乌夜啼》（昨夜风兼雨）是李煜的一首秋夜抒怀之作，其以独特的艺术风格和深沉的情感内涵，成为古典诗词中的珍品。词作通过描绘风雨之夜的环境和词人的内心活动，表达了词人对世事无常的感慨。

首先，这首词以秋夜风雨为背景，通过词人细腻的描绘，向我们展现了一幅清冷孤寂的画面。昨夜风雨交加，遮窗的帐子被秋风吹得飒飒作响，整夜不息。这种风雨声不仅增强了秋夜的寂静感，也烘托了词人内心的孤寂与凄凉。词中虽未直接描写词人的情感，但通过环境的渲染，读者能够深刻感受到词人内心的痛苦与无奈。

其次，词人巧妙地运用对比手法，将人生的欢乐与痛苦、梦境与现实进行对比，进一步突出了自己的愁苦与孤寂。人世间的事情，如同东逝的流水，一去不返，词人回首往事，只觉如梦一场。这种对过去的追忆与感慨，使得词人的情感更加深沉而真挚。醉酒忘愁的描写，则表现出词人在现实生活中的无奈与逃避，更加凸显了其内心的痛苦。

最后，这首词的语言简练而优美，意境深远而含蓄。词人没有用典，没有用精美的名物，也没有描述具体的情事，只是通过对秋夜风雨的描绘和自身情感的抒发，就将读者带入了一个凄美而孤寂的世界。

俞陛云《唐五代两宋词选释》：此调亦唐教坊曲名也。人当清夜自省，宜嗅痴渐泯，作者（辗）转起坐不平，虽知浮生若梦，而无彻底觉悟，惟有借陶然一醉，聊以忘忧。此词若出于清谈之名流，善怀之秋士，便是妙词。乃以国主任兆民之重，而自甘颓弃，何耶？但论其词句，固能写牢愁之极致也。

詹安泰《李璟李煜词校注》：这是写愁闷难堪时的实际生活和心理活动。前段从引动愁闷的风雨说到长夜里坐卧不安，是写实在的情况。后段是写心愿。这时真觉得世间一切都算不得什么，随着流水飘荡，像梦一般过去，只有可以排除愁闷的酒还值得依恋。

唐圭璋《唐宋词简释》：此首由景入情，写出人生之烦闷。夜来风雨无端，秋声飒飒，此境已令人愁绝，加之烛又残，漏又断，伤感愈甚矣。"起坐不能平"句，写尽抑郁塞胸，展转无眠之苦。换头，承上抒情，言旧事如梦，不堪回首。末两句，写人世茫茫，众生苦恼，尤为沉痛。后主词气象开朗，堂庑广大，悲天悯人之怀，随处流露，王静安谓："道君不过自道身世之戚，后主则俨有释迦、基督担荷人类罪恶之意。"其言良然。

杨敏如《南唐二主词新释辑评》：这首词写尽后主李煜降宋后生活实况和囚居心境，俞陛云评曰："写牢愁之极致。"

望江南（闲梦远）

其一

闲梦远，南国正芳春。船上管弦江面渌，满城飞絮辊轻尘。忙杀看花人！

其二

闲梦远，南国正清秋。千里江山寒色远，芦花深处泊孤舟，笛在月明楼。

译文

其一

闲梦悠远，南国春光正好。船上管弦声不绝于耳，江水一片碧绿，满城柳絮纷飞，像细微的尘土在空中翻滚，忙坏了看花的人们。

其二

闲散的梦境悠远无边，我在梦中回到了那风光旖旎的南国。此时正是凉爽的秋天，辽阔无际的江山笼罩在一片淡淡的秋色之中。美丽的芦花深处，一叶孤舟横卧。悠扬的笛声回荡在洒满月光的高楼之间。

鉴赏

这里选取的是李煜《望江南》两首词。

第一首词开篇以"闲梦"起笔，营造出一种悠远而深邃的氛围。"南国正芳春"描绘出一幅江南春景图。春光明媚的南国大地，万紫千红，百花争艳。词人通过"船上管弦江面渌，满城飞絮辊轻尘"两句，进一步渲染了春天的热闹和繁华。船上管弦声不绝于耳，江水一片碧绿，满城柳絮纷飞，淡淡尘烟滚滚，忙坏了看花的人们。

第二首词以"南国正清秋"开篇，镜头切换至秋日，周遭瞬间冷清下来，一切都在与春日对比：和煦的春暄成为入骨秋凉，熙攘的人群如今只剩孤身一人；原本能欣赏到游船上的丝竹管弦之乐，如今已然消失，词人只能看向开阔的两岸；群芳正好的场景也消失了，取而代之的是一片单调而萧瑟的芦花。当然，这片秋色还是很美的，承载着江南的凝练与婉秀，但与春日相比，还是有种繁华散去的惆怅。

值得一提的是，词人在描绘景物的同时，巧妙地融入了自己的情感。那悠扬的笛声仿佛成了词人内心的写照，它穿透了时空的界限，让读者感受到词人那份深沉而真挚的情感。这种情景交融、物我合一的写法，使得全词更加生动而富有感染力。

全词从春天写到秋天，词人是用凄寒冷寂的秋景直抒孤苦怀思的悲情。这种以景结情的手法，既使得全词的情感表达更加含蓄而深沉，又留给读者无尽的想象空间。我们不仅可以欣赏到南国的自然风光，还能感受到词人对故国的深深眷恋和思念之情。

名家集注

清·陈廷焯《词则》：寥寥数语，括多少景物在内。

詹安泰《李璟李煜词校注》：这是李煜入宋后眷恋南唐的心情的一种表现。写的虽然只是美妙的境界，由于他对这美妙的境界的梦想和爱慕，就渗透着现场生活孤寂难堪的情味；写的虽然只是芳春和清秋中的个别的景物情事，由于他抓住了最具有代表性的最动人的东西作精细的刻画，就体现出整个美丽的南国的全貌。

杨敏如《南唐二主词新释辑评》：两首回忆，抓住江南两个季节。前首是南国之春，情调轻快，色调温暖。后首是南国之秋，情调凄清，色调寒冷。这是服从于真实感受的写法。他的幻梦和回忆，有美好的一面，有黯淡的一面，但不管哪一面，都是令人难堪的，痛苦的。

李

煜

子夜歌（人生愁恨何能免）

人生愁恨何能免，销魂独我情何限！故国梦重归，觉来双泪垂。

高楼谁与上？长记秋晴望。往事已成空，还如一梦中。

译文

人生的愁恨怎能避免得了呢？我独自承受着无尽的悲情。在梦中，我仿佛重回故国，那份深情与思念让我醒来后双泪垂落。

有谁与我同登高楼？我永远记得那个晴朗的秋天，在高楼上眺望远方。往事如烟，如今都已成空，只留下我在梦中追寻那些消逝的岁月。

鉴赏

这首词以人生愁恨为引，将读者带入到一个充满深情与思念的世界。词人通过细腻的描绘和深情的抒发，将自己的情感与景物融为一体，让读者能够深刻感受到他内心的痛苦与无奈。

首先，词作开篇即点明主题——"人生愁恨何能免"，直接抒发了词人对人生愁恨的深切感受。这种愁恨并非一时一地之情，而是对整个人生境遇的无奈与感慨。词人通过直白的语言，将内心的痛苦与挣扎展现得淋漓尽致，使读者能够深刻感受到他的情感世界。

其次，词人通过对梦境的描绘，进一步表达了对故国的思念与追忆。在梦中，他仿佛重回故国，重温昔日的欢乐与荣光。然而，梦醒之后却是无尽的悲伤与失落。这种现实与梦境的反差，使得词人的愁恨之情更加深沉而强烈。

再次，词中"往事已成空，还如一梦中"的表述，既是对过去岁月的追忆与感慨，也是对现实境遇的无奈与接受。词人用"梦"字来概括往事与现实，既表现了现实的虚幻与无常，也揭示了词人内心的迷惘与挣扎。

最后，整首词以凄美的意境和深沉的情感收束，给人留下深刻的印象。词人通过对自然景物的描绘和内心情感的抒发，将读者带入到一个充满愁恨与无奈的世界。在这个世界里，我们可以感受到词人内心的痛苦与挣扎，也可以体会到他对人生的深刻思考与感悟。

名家集注

清·陈廷焯《词则》：悠悠苍天，此何人哉！

唐圭璋《唐宋词简释》：此首思故国，不假采饰，纯用白描。但句句重大，一往情深。起句两问，已将古往今来之人生及己之一生说明。"故国"句开，"觉来"句合，言梦归故国，及醒来之悲伤。换头，言近况之孤苦。高楼独上，秋晴空望，故国杳杳，销魂何限！"往事"句开，"还如"句合。上下两"梦"字亦幻，上言梦似真，下言真似梦也。

詹安泰《李璟李煜词校注》：马令《南唐书·后主书第五》注："后主乐府词云：'故国梦初归，觉来双泪垂！'又云：'小园昨夜又西风，故国不堪翘首月明中！'皆思故国者也。"这是李煜入宋后抒写亡国哀思的作品。

俞陛云《唐五代两宋词选释》：起句用翻笔，明知难免，而我自消魂，愈觉埋愁之无地。马令《南唐书》本注谓"故国"二句与《虞美人》词"小楼昨夜"二句"皆思故国者也"。

冯延巳

冯延巳（903—960），又名延嗣，字正中，五代广陵（今江苏省扬州市）人。他是一位著名的政治家和词人，在南唐中主李璟时期担任要职，三度入相，生活优裕舒适。

冯延巳在政治生涯中曾经历宦海沉浮，因党争多次被罢相，但仍以太子太傅的身份终其一生。他逝世后，被追谥为"忠肃"，可见其忠诚于国家和朝廷的品性。

冯延巳的词多写闲情逸致，文人气息浓厚，对北宋初期的词人有较大影响。他的词集名为《阳春集》，词作情感真挚，语言优美，展现了他独特的艺术风格。

鹊踏枝（谁道闲情抛掷久）

谁道闲情抛掷久？每到春来，惆怅还依旧。日日花前长病酒，不辞镜里朱颜瘦。

河畔青芜堤上柳，为问新愁，何事年年有？独立小桥风满袖，平林新月人归后。

译文

谁说那份闲情逸致已被抛掷得太久了呢？每当新春来临，我的惆怅心绪依然如故，未曾稍减。为了消除这种无法言说的闲愁，我天天在花前痛饮，放任自己大醉，不惜身体日渐消瘦，就算对着镜子只见自己容颜已改也无悔。

河岸边芳草萋萋；河岸上柳树成荫。面对如此美景，我忧伤地暗自思量，为何年年都会新添忧愁？我独自站在小桥的桥头，清风吹拂着我的衣袖。远处，一排排树木在暗淡的月光下影影绰绰，仿佛也在与我共同承受这份孤寂与忧愁。

鉴赏

此词以顿入手法、反诘的语气，道出"闲情"的困扰和郁结。

词人将春时的青草和杨柳拟人化，借以发问，为何年年忧愁不曾断绝。整首词情感深挚，表达了词人深深的惆怅和愁绪。

首先，词的开篇便以反问的句式提出"谁道闲情抛掷久"，这既是词人一种情感的宣泄，又是对闲情逸致的深深眷恋。词人似乎想要摆脱这种情感，但又无法真正割舍，这种矛盾的心理在词中得到了充分的体现。同时，这种反问的句式增强了词作的感染力，使读者能够深刻感受到词人内心的挣扎与痛苦。

其次，词中通过对自然景物的描绘，进一步烘托出词人内心的情感，如"河畔青芜堤上柳，为问新愁，何事年年有"等句，通过对青草、柳树等自然景物的细腻描绘，不仅展示了词人敏锐的观察力，也传达出他对时光流逝、年华易老的感慨。这些景物与词人的情感相互映衬，形成了一种独特的艺术效果。

再次，词中的语言优美、意境深远，充满了诗意和美感。词人通过象征手法，将自己的情感与景物融为一体，使得整首词既具有高度的艺术价值，又能够引起读者的共鸣。

最后，这首词所表达的情感深沉而真挚，它不仅仅是词人对闲情逸致的眷恋和思念，更是对人生、爱情和时光的深刻思考。词人通过这首词传达出了一种对生命的热爱和对时光的珍惜，使这首词具有了更加深远的意义。

名家集注

清·陈廷焯《白雨斋词话》：（冯延巳）"谁道闲情抛弃久？每到春来，惆怅还依旧。日日花前常（长）病酒。不辞镜里朱颜瘦。"可谓沉着痛快之极，然却是从沉郁顿挫来，浅人何足知之。

俞陛云《词境浅说》：词家每先言景，后言情，此词先情后景。结末二句寓情于景，弥觉风致夷犹。

俞平伯《唐宋词选释》：本篇别作欧阳修。……"为问新愁"，对前文"惆怅还依旧"说，以见新绿而触起新愁，与白居易《赋得古原草送别》所谓"春风吹又生"略同。

长命女（春日宴）

春日宴，绿酒一杯歌一遍。再拜陈三愿：一愿郎君千岁，二愿妾身常健，三愿如同梁上燕，岁岁长相见。

译文

风和日丽的春日，我们举办了丰盛的宴会。席间，女子举杯浅酌，歌声悠扬，一曲终了，她深深地拜了又拜，许下了三个愿望：第一个愿望，愿我的郎君能够长寿千岁；第二个愿望，愿我自己身体永远康健；第三个愿望，愿我们两人能像梁上的燕子，年年岁岁，长相厮守，永不分离。

鉴赏

此词以春日宴为背景，表达了女子对丈夫的深深祝愿。绿酒、歌声、再拜陈愿，充满了温馨和浪漫。词人通过细腻的描绘，展现了女子内心的柔情和期盼。

首先，词作开篇即描绘了一个明媚和煦的春日景象，这不仅为整首词定下了欢快的基调，也象征着宝贵的青春时光和美好的人生开端。在这样的背景下，一场丰盛的宴会拉开帷幕，女子与丈夫共同庆祝这美好的时刻。

其次，女子在宴会中举杯高歌，表达了对丈夫的深深祝福。她希望丈夫能够长寿千岁，身体健康，这是她对丈夫最真挚的关怀和祝福。

同时，她希望自己能够身体健康，与丈夫共同享受这美好的人生。这种相互关心、相互祝福的情感，展现了夫妻之间深厚的爱意和默契。

最后，女子以梁上燕为喻，表达了希望与丈夫年年岁岁长相厮守的美好愿望。梁上燕象征着恩爱夫妻的团圆和天长地久，女子借此表达了对丈夫的依恋和不舍，也表达了对未来美好生活的向往和期待。

整首词语言清新明丽，情感真挚动人，通过具体环境描写来烘托人物的思想感情，使得词作更加生动有趣。同时，女子的愿望体现了古代女子对爱情和家庭的重视和追求，具有深刻的文化内涵。

名家集注

宋·吴曾《能改斋漫录》：南唐宰相冯延巳有乐府一章，名《长命女》云云。其后有以其词意改为《雨中花》云："我有五重深深愿。第一愿且图久远，二愿恰如雕梁双燕，岁岁得长相见。三愿薄情相顾恋。第四愿永不分散，五愿奴哥收因结果，做个大宅院。"味冯公之词，典雅丰容，虽置古乐府，可以无愧。一遭俗子窜易，不惟句意重复，而鄙恶甚矣。

清·沈雄《古今词话》：留为章法，词则俚鄙。

俞平伯《唐宋词选释》：古所谓"绿"，有时近乎黄色，绿酒亦是那样。白居易《问刘十九》："绿蚁新醅酒。"

采桑子（花前失却游春侣）

花前失却游春侣，独自寻芳。满目悲凉，纵有笙歌亦断肠。
林间戏蝶帘间燕，各自双双。忍更思量，绿树青苔半夕阳。

译文

在花丛前我失去了同游的伴侣，只能独自徘徊在花间，感受着内心的失落与孤寂。举目四望，春光虽好，但满目悲凉。尽管笙歌阵阵，婉转悠扬，传入耳中，却只能勾起我对逝去时光的追忆，使我的感伤和惆怅更加深沉。

林间彩蝶双双飞舞，帘间飞燕成对嬉戏。夕阳斜照，血色残阳笼罩着绿树与青苔，这凄美的景色与我心中的悲凉相互呼应，我如何能再忍受这无尽的孤独与哀伤呢？

鉴赏

此词描绘了女子失去游春伴侣后的孤独和悲凉。花前失侣，独自寻芳，满眼都是悲凉之景。即使有笙歌相伴，也难以掩盖内心的断肠之痛。词人通过细腻的描绘，展现了女子内心的痛苦和无奈。

首先，词的上片以"花前失却游春侣，独自寻芳"为开篇，直接点明了词人的孤独处境。原本应该是与伴侣一同赏花游春的美好时光，如今却只剩下词人独自徘徊在花间，这种对比使得词人的孤独感更加突出。同时，"满目悲凉"一词准确地传达了词人内心的感受，失去伴侣后的世界仿佛失去了色彩，变得一片凄凉。

其次，词人通过"纵有笙歌亦断肠"一句，进一步表达了内心的痛苦。笙歌本是欢乐的象征，但在这里却成了词人心中痛苦的催化剂。即使笙歌响起，词人也无法感受到丝毫的快乐，反而更加思念失去的伴侣，使得心中的悲伤更加深重。

再次，下片以"林间戏蝶帘间燕，各自双双"为转折，通过描写自然界中蝶燕双双的景象，反衬出词人的孤寂。蝶燕的欢快与词人的孤独形成了鲜明的对比，使词人的孤独感更加让人感同身受。同时，这种对比暗示了词人对过去与伴侣一同赏花游春的美好时光的怀念。

最后，"忍更思量，绿树青苔半夕阳"一句是词人情感的升华。在绿树青苔的映衬下，夕阳的余晖显得分外凄美。词人站在这样的场景中，不禁回想起过去的种种美好，同时对未来感到迷茫和无助。这种复杂的情感使得整首词的情感表达更加深沉和丰富。

名家集注

清·陈廷焯《词则》：缠绵沉着。

俞陛云《唐五代两宋词选释》：江左自周师南侵，朝政日非，延巳匡救无从，怅疆宇之日蹙，（采桑子）"夕阳"句寄慨良深，不得以绮语目之。

唐圭璋《唐宋词简释》：此首触景感怀，文字疏隽。上片，径写独游之悲，笙歌原来可乐，但以无人偕游，反增凄凉。下片，因见双蝶、双燕，又兴起己之孤独。"绿树"句，以景结，正应"满目悲凉"句。

欧阳炯

欧阳炯（896—971），生于唐末，逝于宋初，是益州华阳（今四川省成都市）的杰出文人。他历经五代，在前蜀与后蜀皆居高位，官至门下侍郎兼户部尚书、同平章事，并监修国史。欧阳炯不仅政治才能出众，更在诗词创作上造诣深厚。

他善长笛，通绘画，能文善诗，尤工小词，所作词多艳体，风格婉约轻和，是花间派的重要作家。他的作品情感真挚，语言优美，对后世词人影响深远。此外，他还曾为赵崇祚所编《花间集》作序，为词学发展作出了贡献。

江城子（晚日金陵岸草平）

晚日金陵岸草平，落霞明，水无情。六代繁华，暗逐逝波声。空有姑苏台上月，如西子镜照江城。

【译文】

夕阳斜照着金陵城，茵绿的春草与江岸连平。晚霞烧红了江天，大江东去，滔滔无情。当年六朝的繁花，已随江波消逝在涛声中。那曾经照耀六朝繁华的明月，如今空挂姑苏台上，如西施的妆镜，照着千古江城。

【鉴赏】

这是一首怀古之作，全词以金陵的晚日景象为引，通过细腻入微的景物描写，抒发了词人对历史沧桑、世事无常的深沉感慨。

词的开篇便为读者呈现出了一幅辽阔而略带寂寥的金陵暮景。夕阳斜照下，金陵城外的江岸与绿草相接，无际无涯，显得空阔而深远。鲜艳明丽的晚霞映照在江面上，更增添了几分绚丽与苍茫。这里的"岸草平"和"落霞明"不仅是对自然景色的客观描绘，更是词人内心情感的投射，透露出一种对世事变迁、历史兴衰的感慨。

"水无情"三字，是全词的枢纽，也是词人情感的集中体现。江水滔滔东去，日复一日，年复一年，它见证了金陵的繁华与衰落，也无情地淘尽了千古人事的变迁。这既是对江水自然属性的客观描述，也是对历史无情、世事无常的深刻揭示。"六代繁华，暗逐逝波声"，则直接点出了怀古的主题。六朝的繁华已成过眼云烟，只能在历史的波涛声中追寻其昔日的辉煌。

"空有姑苏台上月，如西子镜照江城"，紧接着词人将视角转向姑苏台上的明月，以月亮为镜，映照出金陵城的今昔变迁。月亮依旧，但人事已非，这种对比更加突出了历史的无情和世事的沧桑。同时，词人借用西施的典故，不仅增加了词作的文化内涵，也使整首词的情感表达更加含蓄而深沉。

名家集注

明·卓人月《古今词统》引徐士俊：取"只今唯有西江月"之句，略衬数字，便另换一意。

清·陈廷焯《词则》：与松卿作同一感慨，彼于悲壮中寓风流，此于伊郁中饶蕴藉。

清·李冰若《栩庄漫记》：此词妙处在"如西子镜"一句，横空牵入，遂尔推陈出新。

欧阳炯

南乡子（路入南中）

路入南中，桄榔叶暗蓼花红。两岸人家微雨后，收红豆，树底纤纤抬素手。

踏入南国的腹地，水边的蓼花紫红，映着棕榈叶的暗绿。一场微雨过后，家家户户开始忙着采集红豆。那些纤细的双手在树下翻扬，如同白玉一般。

这首词以南方的景色为描绘对象，通过细腻的笔触展现了南中的风土人情。词中的红豆与纤纤素手，不仅增添了词的婉约之美，也寓托了词人对南方生活的热爱与向往。

词中的"南中"指的是中国的南部地区，这里的气候温暖湿润，植被茂盛，充满了南国情调。

"路入南中，桄榔叶暗蓼花红。"在这句词中，"桄榔"指的是一种常绿乔木，其叶子深绿且宽大，而"蓼花"是水边常见的一种野花，其花呈紫红色。这两者的结合，既描绘了南国植被的丰富，又通过颜色的对比增强了画面的视觉效果。

"两岸人家微雨后，收红豆，树底纤纤抬素手。"这句词进一步描绘了南国的生活场景。微雨过后，两岸的居民开始收集红豆。红豆在古代常被用来象征相思之情，这里的描绘不仅展现了南国人民的生活日常，也寓含了词人深深的情感寄托。同时，"树底纤纤抬素手"一句，通过细腻的动作描写，生动地展现了女子们劳作时的优雅姿态。

明·徐士俊《古今词统》：致极清丽，入宋不可复得。

上海辞书出版社文学鉴赏辞典编纂中心《唐宋词鉴赏辞典》：花间词人中，欧阳炯和李珣都有若干首吟咏南方风物的《南乡子》词，在题材、风格方面都给以描写艳情为主的花间词带来一股清新的气息。……红豆又称相思子。王维《相思》诗说："红豆生南国，春来发几枝。劝君多采撷，此物最相思。"这流传众口的诗篇无形中赋予这素手收红豆的日常劳动以一种使人遐想的诗意美。面对这幅鲜丽而富于温馨气息的画图，呼吸着南国雨后的清新空气，词人的身心都有些陶醉了。《南乡子》单调字数不到三十，格调比较轻快，结句的含蕴耐味显得格外重要。欧阳炯的这首就是既形象鲜明如画，又富于余思的。

人民文学出版社编辑部《唐宋词鉴赏集》：一般文学史著作给人造成这样一种印象："花间"词的题材是很狭窄的，仿佛除了女人，还是女人，除了艳情，还是艳情。其实，对于这类词也应作一点具体分析，不能一言以蔽之曰题材狭窄。譬如，当我们读欧阳炯这首词和他与李珣的另外二十多首《南乡子》时，便会看到花间派词人在开拓词的题材领域方面未尝没有自己的贡献。"南中"作为古地区名，可以泛指我国南方，也可以专指云、贵、川一带。但欧、李所写，主要是南粤景色。这是诗词园地的新天地。这里有"海南"红花艳发的石榴，有越王台前的刺桐花，有"认得行人惊不起"的孔雀，有"芭蕉林里"的人家和"夹岸荔枝红蘸水"的去处。词中的妇女虽然还是花间美人，但已经洗去脂粉。她们或者"竞携藤笼采莲来"，或者"竞折团荷遮晚照"，或者"骑象背人先过水"。再不然就象这首词所写的那样女子正在桄榔树下采撷红豆。总之，欧、李笔下的南国风光不仅在唐五代词里别开生面，就是在宋以前的诗歌中也是不可多得的。

定风波（暖日闲窗映碧纱）

暖日闲窗映碧纱，小池春水浸晴霞。数树海棠红欲尽，争忍，玉闺深掩过年华。

独凭绣床方寸乱，肠断，泪珠穿破脸边花。邻舍女郎相借问，音信，教人休道未还家。

译文

风和日暖，我静静地伫立在碧纱窗前。窗外，池水波光粼粼，映照着空中的霞光。几株海棠树上盛开的红花即将凋零，怎忍心深掩闺门，虚度年华。

我独自倚靠在绣床上，心绪纷乱，愁肠寸断。泪水如泉涌般流下，浸湿了美艳如花的脸庞。邻家的姐妹们关切地询问："你的玉郎可还安好？"我羞涩地回答："归期遥遥，远方的良人还未回家。"

鉴赏

这首词以暖日、闲窗、碧纱为背景，通过对小池春水和海棠花的描绘，展现了词人内心的孤寂与惆怅。词中的"玉闺深掩过年华"更是透露出词人对逝去时光的无奈与感伤，情感婉转而深沉。

首句"暖日闲窗映碧纱"，为整首词定下了春日闺情的基调。暖日、闲窗、碧纱，这些元素共同营造了宁静而略带忧郁的氛围。这里的"闲"字用得极为传神，不仅表现了窗内主人的闲适与无聊，更隐含着一种深深的孤寂和期盼。

接下来的"小池春水浸晴霞"，词人巧妙地运用实景与情感的交融，将池水与霞光融为一体，既描绘了春日的美丽景色，又寓含了思妇内心的愁情。

"数树海棠红欲尽"，进一步将思妇的情感推向高潮。海棠花即将凋谢，象征着春天的逝去，也预示着思妇青春的流逝。这里的"红欲尽"不仅是对海棠花的描绘，还是思妇内心情感的深刻写照。

下片"独凭绣床方寸乱，肠断，泪珠穿破脸边花"，词人直接描绘了思妇的情感状态。她独自倚在窗前，思绪纷乱，愁肠寸断。这种深情的抒发，使得整首词的情感更加饱满和深沉。

名家集注

清·况周颐《历代词人考略》：欧阳炯词，艳而质，质而愈艳，行间句里，却有清气流行。大概词家如炯求之晚唐五代，亦不多观。其《定风波》云：此等词如淡妆西子，肌骨倾城。

王方俊《唐宋词赏析》：本词写景与抒情巧妙地结合在一起，使全词情景交融，可谓天衣无缝。

唐圭璋，钟振振《唐宋词鉴赏辞典》：这首词写春日闺情。……词人笔触常涉及到美人泪脸，冯正中词："香闺寂寂门半掩，愁眉敛，泪珠滴破胭脂脸。"韦端己词："恨重重，泪界莲腮两线红。"写法和用字都不相同，特别是在用动词上的差异，大有讲究。冯词用"滴"，韦词用"界"，本词用"穿"，比较起来，"穿"字兼有"滴""界"两字之妙。用"滴破"，想见泪痕点点，用"泪界"，则泪痕两线。这里用"穿破"，"穿"比"滴"重，既然"穿破"，而且直到脸边，自然也包含"泪界两线"，就泪痕来说，还要深些。此处只就用字而言，并不意味着评论全词和词家。词中刻画思妇的形象和心理，写到"泪珠穿破"，大有"山重水复疑无路"之势，谁知煞尾忽转新境，出现邻家女郎来问良人音信，教她害羞地答道："还没有回家的日期呢！"笔意活泼，情趣盎然，带有浓厚的民歌色彩，深得水穷云起之妙。这首词的语言也不若作者其他作品那样秾艳。

晏殊

晏殊（991—1055），字同叔，江西抚州临川（今江西省南昌市进贤县）人。北宋时期著名的文学家和政治家，"抚州八晏"之一。晏殊十四岁以神童入京应试，赐进士出身，后历任多个职位，官至右谏议大夫、集贤殿大学士、同平章事兼枢密使等要职。他学识渊博，办事干练，为国家和人民尽忠职守，深受真宗和仁宗的信任和器重。

同时，他是一位优秀的文学家，擅长诗词，尤其以小令著称，其作风格含蓄婉丽，与其子晏幾道并称"大晏"和"小晏"，被誉为"词坛双璧"。晏殊的文学成就和政治贡献都使他成为历史上杰出的人物。

浣溪沙（一曲新词酒一杯）

一曲新词酒一杯，去年天气旧亭台。夕阳西下几时回？
无可奈何花落去，似曾相识燕归来。小园香径独徘徊。

译文

填曲新词品尝一杯美酒，还是去年的天气，亭台池榭依旧，西下的夕阳几时才能回转？

无可奈何中百花残落，似曾相识的春燕又归来，我独自在花香小径里徘徊。

《浣溪沙》，原是唐玄宗时教坊曲名，后为词调。

这首词是晏殊词中最为脍炙人口的篇章。全词写主人公对光阴易逝、人事变化的感慨与惆怅，通篇抒发词人的悼惜残春之情，表达了时光易逝，难以追挽的伤感。语言通俗晓畅，清丽自然，意蕴深沉。

"一曲新词酒一杯，去年天气旧亭台。"可以看出词人面对现实时一开始的心情是轻松喜悦、潇洒安闲的，好似完全沉浸在这风雅的宴饮之乐中。

但边听边饮，这现实却又不期而然地触发对"去年"所历类似情景的追忆：也是和今年一样的暮春天气，面对的也是和眼前一样的亭台楼阁，一样的清歌美酒。然而，在似乎一切依旧的表象下词人又分明感觉到有的东西已经起了难以逆转的变化，这便是悠悠流逝的岁月和与此相关的一系列人和事，词人难免有些微微的伤感。于是词人不由得从心底涌出这样的喟叹："夕阳西下几时回？"

夕阳西下是眼前景，但由此触发词人的，却是对美好景物情事的流连，对时光流逝的怅惘，以及对美好事物重现的微茫的希望。词人已不限于眼前的情事，而是扩展到整个人生。

"无可奈何花落去，似曾相识燕归来。"堪称全词中的千古名句，语言工巧而浑成、流利而含蓄，在用虚字构成工整的对仗、唱叹传神方面表现出词人的巧思深情。在惋惜与欣慰的交织中，蕴含着某种生活哲理：一切必然要消逝的美好事物都无法阻止其消逝，但消逝的同时仍然会有新的美好事物的出现，生活不会因美好事物消逝而变得一片虚无。只不过这种重现不等于美好事物原封不动地重现，只是"似曾相识"罢了。因此，词人在有所慰藉的同时不觉感到一丝惆怅。

末句"小园香径独徘徊"是词人在惋惜、欣慰、怅惘之余独自的沉思：在小园落英缤纷的小路上，词人独自徘徊与沉思着，似是对所见、所感、所思的一番深沉的反省与思索，想要对上述现象的底蕴求得一个答案。

名家集注

明·杨慎《词品》："无可奈何"二语工丽，天然奇偶。

明·沈际飞《草堂诗余正集》："无可奈何花落去"，律诗俊语也，然自是天成一段词，着诗不得。

清·陈廷焯《词则》：有一刻千金之感。

上海辞书出版社文学鉴赏辞典编纂中心《唐宋词鉴赏辞典》：这是晏殊一首脍炙人口的小令。它语言圆转流利，明白如话，意蕴却虚涵深广，能给人以一种哲理性的启迪。

唐圭璋，钟振振《唐宋词鉴赏辞典》：这篇短小的令词，字面上明白如话，但历来人们对其内容的理解颇不一致。细玩全词，虽含伤春惜时之意，却实是抒怀人之情，尽管通篇没有着一句怀人之语。

吴林抒《珠玉词》：这是晏殊的名篇之一，无名氏《草堂诗余》误为李璟作。意思只是悼惜春残，感伤年华的飞逝。它之所以著名，在于其中"无可奈何花落去，似曾相识燕归来"一联属对工巧而流利。作者也自爱其词语之工，还把它组织在一首题作《示张寺丞王校勘》的七律里。清王士祯把本词中的"无可奈何""似曾相识"两句作为标准句，同曲中的"良辰美景奈何天，赏心乐事谁家院？"（《牡丹亭·惊梦》）来划分词和曲的疆界（见《花草蒙拾》）。此词足以代表晏词的基本风格，写得温雅，又很明净，反映他所处的相对承平的年代，符合作者的基本情调。词中有一联，基本上用虚字构成。所以明人卓人月在《词统》中评这一联时说："实处易工，虚处难工，对法之妙无两。"联虽用虚字构成，却具有充实的、耐人寻味和启人联想的内容，真是难能可贵的佳句。

清平乐（金风细细）

金风细细，叶叶梧桐坠。绿酒初尝人易醉。一枕小窗浓睡。
紫薇朱槿花残，斜阳却照阑干。双燕欲归时节，银屏昨夜
微寒。

译文

微软的秋风正在细细吹拂，梧桐树叶随之飘摇坠落。初次品尝
这清甜的绿酒，叫人情不自禁陶醉在其醇美之中，只好在小窗前躺
卧酣眠浓睡。

紫薇花和朱槿在秋寒里纷纷凋零，唯有夕阳映照着楼阁栏杆。
双燕到了将要南归的季节，镶银箔的屏风昨夜已微寒。

鉴赏

这首词的特点是风调闲雅，气象华贵，二者本有些不相容，
但词人却把这两者完美地合奏于一起。

词的上阕写酒醉以后的浓睡。起首二句在写景中点明时间，
渲染环境。用笔轻灵，色调淡雅，仿佛在与一位友人娓娓而谈。
"细细""叶叶"相连用，读者面前便出现了一片片叶子飘落的画
面，显得很有次序。自古文人骚客笔下的经秋梧桐都是偏向凄婉
的，让人仿佛一听到秋风吹拂梧桐，便泛起凄凉之感，如温庭筠
《更漏子》："梧桐树，三更雨，不道离情正苦。一叶叶，一声声，
空阶滴到明。"像晏殊写得如此平淡幽深的，却极为少见。

词的下阕是写次日薄暮酒醒时的感觉。词人在浓睡中无愁无

忧，酒醒后情绪如何，他没有言明，只是通过他眼中所见的景象，折射出其心情之悠闲，神态之慵怠。抬头望去，一抹斜阳正照着栏杆，颇有陶渊明"悠然见南山"的神韵，而词人所见者却不是南山，而是残花、斜阳，其中似寓有无可奈何的心境。

此词之所以受到评论家们的一致称赞，主要在于它呈现了一种与词人富贵显达的身世相谐调的圆融平静、安雅舒徐的风格。这种风格，是晏殊深厚的文化教养、敏锐细腻的诗人气质与其平稳崇高的台阁地位相浑融的产物。作者通过对外物的描写，将他在这环境中特有的心理感触舒徐平缓地宣泄出来，使整个意境十分轻婉动人。

名家集注

俞陛云《唐五代两宋词选释》：纯写秋来景色，惟结句略含清寂之思，情味于言外求之，宋初之高格也。

唐圭璋《唐宋词简释》：此首以景纬情，妙在不着意为之，而自然温婉。"金风"两句，写节候景物。"绿酒"两句，写醉卧情事。"紫薇"两句，紧承上片，写醒来景象，庭院萧条，秋花都残，痴望斜阳映阑，亦无聊之极。"双燕"两句，既惜燕归，又伤人独，语不说尽，而韵特胜。

浣溪沙（一向年光有限身）

一向年光有限身，等闲离别易销魂。酒筵歌席莫辞频。
满目山河空念远，落花风雨更伤春。不如怜取眼前人。

人的生命将在有限的时间中度过，平常的离别也会让人黯然神伤，因此酒宴歌席之上不要频频辞杯。

放眼望去，大好河山徒然引起怀念远别之情，风雨落花更让我感伤春光易逝。不如在酒宴上，好好怜爱眼前的人。

这首词以清丽婉转、柔婉优美的语言，借离别抒写了词人的人生感慨，抒发了其叹流年、悲迟暮、伤离别的复杂情感。全词格调哀婉，含蓄不尽，余味深长。

词的上片以"一向年光有限身"起笔，直抒胸臆，感叹人生苦短，光阴易逝。这种对生命有限的深刻认识，使词人对离别有了更为敏感和深沉的体会。"等闲离别易销魂"，即使是平常的离别，也足以让人黯然神伤。词人进一步提出"酒筵歌席莫辞频"，既然人生短暂，离别常伴，那么就应该在相聚的时光里尽情开怀畅饮，尽情享受生活的美好。

下片承接上片之意，进一步展开对离别和情感的描绘。"满目山河空念远"，词人登高望远，面对辽阔的山河，心中充满了对远方亲友的思念。然而，这种思念却是徒劳无益，因为词人与他们相隔千山万水，无法相见。眼前的落花和风雨，更增添了词人的伤感。词人感叹春天的逝去，也感叹人生的无常和离别的痛苦。最后，词人提出"不如怜取眼前人"，与其为远方的亲友和逝去的春光而痛苦烦恼，不如珍惜眼前的人，把握当下的幸福。

整首词以明净的语言、修洁的用字，表现出闲雅蕴藉的风格。词人在表达伤感的同时，展现出一种温婉的气象，使词意不显得凄厉哀伤。这种深刻沉着、轻快明朗的风格，正是晏殊词作的特色之一。

此外，这首词还体现了词人对人生的审慎理性态度。虽然词中充满了对离别和时光流逝的伤感，但词人并没有陷入消极的情绪，而是提出了积极面对生活、珍惜当下的建议。这种态度既体现了词人的智慧，也给了读者以深刻的启示。

名家集注

俞陛云《唐五代两宋词选释》：此词前半首笔意回曲，如石梁瀑布，作三折而下。言年光易尽，而此身有限，自嗟过客光阴，每值分离，即寻常判袂，亦不免魂消黯然。三句言消魂无益，不若歌筵频醉，借酒浇愁，半首中无一平笔。后半转头处言浩莽山河，飘摇风雨，气象恢宏。而"念远"句承上"离别"而言，"伤春"句承上"年光"而言，欲开仍合，虽小令而具长调章法。结句言伤春念远，只恼人怀，而眼前之人，岂能常聚，与其落月停云，他日徒劳相忆，不若怜取眼前，乐其晨夕，勿追悔蹉跎，申足第三句"歌席莫辞"之意也。

唐圭璋《唐宋词简释》：此首为伤别之作。起句，叹浮生有限；次句，伤离别可哀；第三句，说出借酒自遣，及时行乐之意。换头，承别离说，嘹亮入云。意亦从李峤"山川满目泪沾衣"句化出。"落花"句，就眼前景物，说明怀念之深。末句，用唐诗意，忽作转语，亦极沉痛。

单芳《晏殊珠玉词译评》：这首词借写离情别绪，表现了作者珍惜人生的态度。词人认为，即使最平常的离别，也让人黯然销魂；即使形销神损，也避免不了终究天各一方，所以与其分别时悲凄忧郁，黯然伤神，还不如各自保重。分别的次数是很多的，也是不由人的，如果每次分别都要流泪伤心，那也是不必要的。人生是有限的，而未来又不能预定，更不能把握，徒然为虚空忧愁烦恼，还不如看重眼前的时光，过好眼前的日子呢！词人十分理智、清醒，并未被短暂的情感所蒙蔽。全词语言简洁，意绪淡泊深长。

蝶恋花（槛菊愁烟兰泣露）

槛菊愁烟兰泣露，罗幕轻寒，燕子双飞去。明月不谙离恨苦，斜光到晓穿朱户。

昨夜西风凋碧树，独上高楼，望尽天涯路。欲寄彩笺兼尺素，山长水阔知何处？

【译文】

清晨栏杆外的菊花笼罩着一层愁惨的烟雾，兰花沾露，似默默饮泣。罗幕之间透露着缕缕轻寒，燕子双双飞去。皎洁的月亮不明白离别之苦，斜斜的银辉穿透红红的门户。

昨夜的西风惨烈，使树林绿叶凋零。我独自登上高楼，望尽那消失在天涯的道路。想给我的心上人寄一封信，但是高山连绵，碧水无尽，又不知道我的心上人在何处。

【鉴赏】

这首词借悲秋之情写离别之恨，通过刻画主人公的迷离意绪和孤独守望，抒发了主人公与爱人分别后的凄婉之情。全词情景交融，辞意凄婉，通过借景抒情的手法，将思妇的离愁别恨表达得深沉含蓄，委婉动人。

起句"槛菊愁烟兰泣露"，词人选取庭院中的景物，通过拟人化的手法，将菊花笼罩的烟雾和兰花上的露珠赋予了人的情感，形象地营造了秋日清晨的萧瑟氛围。这种环境氛围的渲染，为全词奠定了哀婉的情感基调。

接着，"罗幕轻寒，燕子双飞去"两句，词人将笔触转向室内，通过描写罗幕之间的轻寒和燕子的飞去，进一步烘托离别的凄凉和主人公内心的孤寂。燕子双双飞去，反衬出主人公的形单影只，更添几分哀愁。

"明月不谙离恨苦，斜光到晓穿朱户"两句，词人将明月拟人化，埋怨它不解离恨之苦，斜斜的银辉一直照到天明，穿透了朱红的门户。这里既是词人对离别之苦的抒发，也是对时光流逝的感慨。

"昨夜西风凋碧树，独上高楼，望尽天涯路"三句，是全词的精华所在。词人通过描绘西风使树木凋零的萧瑟景象，表达了自己内心的悲凉和孤独。"独上高楼，望尽天涯路"则更进一步地展示了主人公对远方离人的思念之情，她独自登上高楼，眺望远方，希望能看到离人的身影，但映入眼帘的却只有无尽的天涯路。

最后两句"欲寄彩笺兼尺素，山长水阔知何处"，词人表达了想要给离人写信，但却不知道对方身在何处的无奈和迷茫。这种情感的抒发，既是对离别的痛苦回忆，又是对未来的无望期盼。

名家集注

清·陈廷焯《词则》：缠绵悱恻，雅近正中。

王国维《人间词话》：《诗·蒹葭》一篇，最得风人深致。晏同叔之"昨夜西风凋碧树。独上高楼，望尽天涯路"，意颇近之。但一洒落，一悲壮耳。又："我瞻四方，蹙蹙靡所骋"，诗人之忧生也；"昨夜西风凋碧树。独上高楼，望尽天涯路"似之。

上海辞书出版社文学鉴赏辞典编纂中心《唐宋词鉴赏辞典》：在婉约派词人许多伤离怀远之作中，这是一首颇负盛名的词。它不仅具有精致深婉的共同点，而且具有一般婉约词少见的境界寥阔高远的特色。它不离婉约词，却又在某些方面超越了婉约词。……这首词的上下片之间，在境界、风格上是有区别的。上片取境较狭，风格偏于柔婉；下片境界开阔，风格近于悲壮。但上片于深婉中见含蓄，下片于广远中有蕴涵，前者由于表现手法的婉曲，后者由于艺术的概括，全篇仍贯串着意象虚涵这一总的特点。王国维借用词中"昨夜"三句来描述古今成大事业、大学问的第一种境界，虽与词作的原意了不相涉，却和这三句意象特别虚涵，便于借题发挥分不开。

吴林抒《珠玉词》：这首词写离别的痛苦。词中的主人公觉得秋天的菊花和兰草也都和她一样在愁苦，她想和思念的人通个音信，却因山长水阔而不知道他在何处！整首词充满了凄切的情调和真挚的感情。这种感情在秋天的典型环境里，更加深切感人。

踏莎行（小径红稀）

小径红稀，芳郊绿遍。高台树色阴阴见。春风不解禁杨花，蒙蒙乱扑行人面。

翠叶藏莺，朱帘隔燕。炉香静逐游丝转。一场愁梦酒醒时，斜阳却照深深院。

译文

小路旁的花儿日渐稀少，而郊野却已被萋萋芳草覆盖。那树影丛丛的高台，在苍翠的树色掩映下若隐若现。春风不懂得去管束那飞扬的柳絮，让它们迷迷蒙蒙地乱扑人面。

翠绿的树叶里藏着黄莺，红色的窗帘把燕子阻隔在外。炉香静静燃烧，香烟像游丝般袅袅升腾。醉酒后从一场愁梦醒来时，夕阳正斜照着幽深的庭院。

《踏莎行》（小径红稀）是北宋词人晏殊的一首佳作，以其深邃的意境和细腻的情感赢得了广泛的赞誉。这首词以暮春为背景，通过描绘自然景色，抒发了词人对时光易逝的感慨和对人生的深深思索。

上阕起始三句，勾画出一幅具有典型特征的芳郊春暮图。小路两旁，花儿已经稀疏，只间或看到星星点点的几瓣残红；放眼一望，只见绿色已经漫山遍野；高台附近，树木繁茂成荫，一片幽深。这里的"红稀""绿遍""树色阴阴"，标志着春天已经消逝，暮春气息很浓。同时，通过"小径""芳郊""高台"的顺序描绘，词人传达出移步换景的空间感，使读者仿佛身临其境，感受到了暮春时节的独特氛围。

接下来，"春风不解禁杨花，蒙蒙乱扑行人面"，词人将春风拟人化，赋予其情感。春风不懂得约束杨花，以致让它漫天飞舞，乱扑行人之面。这一描绘既生动形象地展现了杨花纷飞的景象，又暗示了春天的无计留驻、时光的无情流逝。这里的"蒙蒙""乱扑"，极富动态感，使得画面更加生动鲜明。

下阕转而描绘词人身边的春景。"翠叶藏莺，朱帘隔燕"，词人通过细腻的笔触，描绘了黄莺躲藏在翠绿的树叶里，红色的帘子将飞燕阻隔在外的情景。这里的"藏"和"隔"，既描绘了景物的动态美，又暗示了词人内心的孤独和寂寥。同时，词人以炉香为媒介，将视觉和嗅觉相结合，营造出一种静谧而深沉的氛围。"炉香静逐游丝转"，炉香静静燃烧，香烟像游动的青丝般缓缓上升，既增添了词作的意境美，又透露出词人内心的宁静与平和。

明·沈际飞《草堂诗余正集》：结"深深"妙，着不得实字。

清·沈谦《填词杂说》：（结句）更自神到。

清·李调元《雨村词话》：晏殊《珠玉词》极流丽，能以翻用成语见长。如"垂杨只解惹春风，何曾系得行人住"，又"春风不解禁杨花，蒙蒙乱扑行人面"等句是也。翻覆用之，各尽其致。

张伯驹《丛碧词话》：此为伤春之作，而结句尤深妙，有禅境。

唐圭璋，钟振振《唐宋词鉴赏辞典》：这首词，黄昇《花庵词选》题作"春思"，全词写晚春景象，表现了春愁的主题。

吴林抒《珠玉词》：张惠言《词选》指出："此词亦有所兴。"《蓼园词选》亦认为本词所写的花、叶、高台、杨花、东风等都有所寄托。其实本词主要是通过写景来引出最后两句，亦即暮春傍晚，酒醒梦回，只见斜阳深院而不见伊人的惆怅的心情。

张草纫《二晏词笺注》：这首词描写暮春景象。或谓词中有刺，并比附君子小人，恐失之穿凿。

俞陛云《唐五代两宋词选释》：此词或有白氏讽谏之意。杨花乱扑，喻逸人之高张；燕隔莺藏，喻堂帘之远隔，宜结句之日暮兴嗟也。

贺铸

贺铸（1052—1125），北宋词人，字方回，号庆湖遗老。他虽出身贵族，但性格刚直，不媚权贵，因此仕途并不顺利，一生大多沉于下僚，只有过短期的幕僚生活。

贺铸的词作风格多样，既有豪放派的雄浑刚健，又有婉约派的细腻柔媚。他的词作情感真挚，语言精炼，善于通过细腻的描绘展现人物的内心世界和情感变化。同时，他善于运用象征、隐喻等修辞手法，使词作更加含蓄、深沉。贺铸的诗词风格独特，对后世产生了深远的影响。

青玉案（凌波不过横塘路）

凌波不过横塘路，但目送、芳尘去。锦瑟华年谁与度？月台花榭，琐窗朱户，只有春知处。

碧云冉冉蘅皋暮，彩笔新题断肠句。试问闲愁都几许？一川烟草，满城风絮，梅子黄时雨。

译文

她轻盈的脚步没有越过横塘路，我依旧凝望目送她的倩影远去。谁与她一同度过她最美好的年华呢？除了赏月的楼台，花木环绕的妆楼，雕花的窗户，朱红的大门之外，只有春风才知道她的居处。

飘飞的云彩舒卷自如，城郊日色将幕，我挥起彩笔刚刚写下断肠的诗句。若问我的愁情究竟有几许，就像那一望无垠的烟草，满城翻飞的柳絮，梅子黄时的绵绵细雨。

　　这首词通过对暮春景色的描写，抒发作者所感到的"闲愁"。上片写情深不断，相思难寄；下片写由情生愁，纷纷愁思。全词虚写相思之情，实抒郁郁不得志的"闲愁"。立意新奇，为当时传诵的名篇。

　　据传这首词原是贺铸在隐居苏州时，看见一位佳人，心生倾慕之情，便写出了这篇名作。龚明之也在《中吴纪闻》中写道："铸有小筑在姑苏盘门外十余里，地名横塘。方回往来于其间。"贺铸辞官归隐后，便住在了横塘。"凌波"一词则是出自曹植《洛神赋》里的"凌波微步，罗袜生尘"，叫人忍不住将贺铸词中所绘之人冠上那惊鸿一瞥的宓妃之貌，女子细步，轻盈而风致之态溢卷而出。

　　下片承上片词意，遥想美人独处幽闺的怅惘情怀。"碧云"一句，是说美人伫立良久，直到暮色四合，笼罩了周围的景物，才蓦然觉醒，不由悲从中来，提笔写下柔肠寸断的诗句。

　　"蘅皋"是生长着香草的水边高地，这里代指美人的住处。"彩笔"，这里用以代指美人才情高妙。那么，美人何以题写"断肠句"？于是有下一句"试问闲愁都几许？"

　　何为"闲愁"？不是离愁，不是穷愁。也正因为"闲"，所以才漫无边际，捉摸不定，却又无处不在，无时不有。这种若有若无、似真还幻的感受，只有那"一川烟草，满城风絮，梅子黄时雨"差堪比拟。

　　作者妙笔一点，用博喻的修辞手法将无形变有形，将抽象变形象，变无可捉摸为有形有质，显示了其高超的艺术才华和高超的艺术表现力。清代王闿运说："一句一月，非一时也。"就是赞叹末句之妙。

　　表面上看，词的上阕是偶遇美人而不得见，相思难寄；下阕则是由情生愁，抒发了遥想美人独处幽闺的怅惘情怀。而"美人""香草"历来是高洁之士的象征，因此词人在更深层次上是要表达自己追求理想而不可得的幻灭的痛苦。纵览贺铸过往的经历，我们也能感受到他在这阕词中所表达的失落与不甘。

这首《青玉案·凌波不过横塘路》让他傲立词坛，而"梅子黄时雨"一句让他得到了"贺梅子"的雅称。事实上贺铸的性格本近于侠，以雄爽刚烈见称于士大夫之林，而今写起婉约词来，辞美而情深。"苏门四学士"之一的张耒说，贺铸的词风具有盛丽、妖冶、幽索、悲壮四种特色，不愧是兼收并蓄的大家。

名家集注

南宋·周紫芝《竹坡诗话》：贺方回尝作《青玉案》，有"梅子黄时雨"之句，人皆服其工，士大夫谓之"贺梅子"。

南宋·罗大经《鹤林玉露》：贺方回有"试问闲愁都几许？一川烟草，满城风絮，梅子黄时雨"。盖以三者比愁之多也，尤为新奇，兼兴中有比，意味更长。

清·沈谦《填词杂说》：贺方回《青玉案》："试问闲愁知几许？一川烟草，满城风絮，梅子黄时雨。"不特善于喻愁，正以琐碎为妙。

减字浣溪沙（楼角初销一缕霞）

楼角初销一缕霞，淡黄杨柳暗栖鸦。玉人和月摘梅花。
笑捻粉香归洞户，更垂帘幕护窗纱。东风寒似夜来些。

楼角上刚刚消散了晚霞，淡黄色的杨柳树下，乌鸦在暮色中栖息。美人伴着月光采摘梅花。

玉手轻捻梅花的花枝，一股淡淡的清香袭来。她笑着捻着梅花回到闺房，又放下帘幕遮挡窗纱。只觉东风吹来，竟比夜晚时还要寒冷几分。

鉴赏

这首词以细腻的笔触描绘出了一幅清新淡雅的画面，通过描绘晚霞、杨柳、乌鸦、梅花等自然景物，以及美人的活动，营造出一种宁静而优美的氛围。同时，词中透露出一种淡淡的哀愁和寂寥，使读者能够感受到词人内心的情感世界。

词的上片以"楼角初销一缕霞"开篇，巧妙地点明了词作的时间和地点。初春的傍晚，残阳斜照，楼角上的霞光逐渐消散，给人一种宁静而美好的感觉。接着，"淡黄杨柳暗栖鸦"一句，进一步描绘了周围的景色。嫩黄的柳枝上，乌鸦在暮色中栖息，营造出一种清幽淡远的意境。"玉人和月摘梅花"一句，则通过描绘美人月下摘梅的情景，为整个画面增添了几分生动和温馨的气息。

词的下片通过"笑捻粉香归洞户"一句，进一步展现了美人的娇羞和喜悦。她笑着捻着梅花回到闺房，那股淡淡的香气仿佛还留在指尖。接着，"更垂帘幕护窗纱"一句，巧妙地通过细节描写，表现出美人对居室的精心呵护和对生活的热爱。最后，"东风寒似夜来些"一句，既是对前面景色的收束，也是对全词情感的升华。东风微寒，仿佛比夜晚还要冷上几分，这种微妙的感受既是对外部环境的描绘，也是词人内心情感的折射。

整首词寓情于景，词人通过细腻的描绘，将自己的情感融入其中。无论是楼角的霞光、淡黄的杨柳，还是月下摘梅的美人，都成为词人表达情感的载体。整首词意境清幽淡远，语言优美动人，充满了词人倾慕和爱恋美人的情感。

此外，这首词还体现了贺铸作为一位杰出词人的艺术才华和独特风格。他善于运用细腻的笔触描绘自然景色和人物形象，同时将自己的情感融入其中，使得整首词既具有画面感又具有情感深度。这种独特的艺术魅力使得《减字浣溪沙》（楼角初销一缕霞）成为贺铸词作中的佳作之一。

名家集注

明·杨慎《词品》：此词句句绮丽，字字清新。当时赏之，以为《花间》《兰畹》不及，信然。

上海辞书出版社文学鉴赏辞典编纂中心《唐宋词鉴赏辞典》：在古典诗词里，有些篇幅短小的作品，如水彩画中的淡墨小品，如音乐中的悠扬牧歌，它那清幽淡远的意境，令人心旷神怡，仿佛春晚小河的潺湲水声，久久响在耳畔。在这类作品中，如果去寻找什么"微言大义"，肯定会失望的，但却不能不承认，它能给人一种美的享受。贺铸这首《浣溪沙》就是此类作品。出现在画面上的不是一座高楼的全貌，而是它的一角。这一角红楼，正具有"动人春色不须多"的艺术魅力。……有人说，这首词全篇写景，无句不美。但景与情，从来是一对孪生的姊妹。说是写景，不作情语，准确地说它是寄情于言外。但这里所寄之情的具体内容是什么，作为词，并不一定必须都写出来，给读者留下更多的想象的余地，也是一种"无言"的美。何况并非"不着一字"，只是字在隐处，需要去揣想。

刘石《宋词鉴赏大辞典》：此词通篇写景而又句句含情。作者空灵、细腻的景物描写中，寄托了作者对独处深闺的玉人艳羡怜爱的情怀。全词意境清幽淡远，笔法奇妙独特，写景、咏物造微入妙，给人以美的享受。

石州慢（薄雨收寒）

薄雨收寒，斜照弄晴，春意空阔。长亭柳色才黄，远客一枝先折。烟横水际，映带几点归鸿，平沙消尽龙荒雪。犹记出关来，恰如今时节。

将发。画楼芳酒，红泪清歌，顿成轻别。回首经年，杳杳音尘都绝。欲知方寸，共有几许新愁？芭蕉不展丁香结。枉望断天涯，两厌厌风月。

译文

细雨绵绵，寒气已收，夕阳斜照，雨后天晴，春意空阔无边。长亭外的柳树才长出嫩黄的细叶，便有人攀折，作为送别的礼物。春天河水流淌、烟霭漫空，映带着远天的几点归来的鸿雁，广阔的荒塞上春雪完全消融。还记得当年出关的时候，正是这样的时节天气。

临行之际，画楼之上，我们举杯痛饮，红泪滴进酒杯，伴着清歌，就这样轻易地分别了。回首经年，音信渺茫，而今两地隔绝，欲知近况如何，只恐双方心头的新愁旧恨，就像芭蕉卷曲、丁香打结，怎能解开。又是如同远隔天涯一样憔悴，两地苦相思，空对风清和月明。

鉴赏

这首词主要描写了词人离别时的感伤，通过细腻的描绘和真挚的情感表达，以其深邃的情感和优美的意境赢得了广泛的赞誉。

首先，词的上片以写景为主，通过"薄雨收寒，斜照弄晴"等句，巧妙地描绘出了一幅初春时节的美丽画卷。细雨过后，寒气消散，斜阳映照，使整个天空显得格外晴朗。词人进一步以"春意空阔"来形容这种春意盎然、生机勃勃的景象，为全词奠定了明快、清新的基调。接着，"长亭柳色才黄，远客一枝先折"等句，则通过具体的景物描写，生动地展现了离别的场景。长亭外，嫩黄的柳枝被攀折下来，作为送别的礼物，寓意着离别的哀伤和不舍。

其次，词的下片转入抒情，词人通过回忆和想象，表达自己对远方亲人的深深思念。"将发。画楼芳酒，红泪清歌，顿成轻别"等句，回忆了临别之际的情景：画楼之上，举杯痛饮，清歌伴泪，"顿成轻别"一句透露出词人无限的悔恨。词人用"红泪"来形容离别的悲伤，使得整个场景更加动人。接着，"回首经年，杳杳音尘都绝"等句，则表达了词人别后多年的孤寂和失落。音信渺茫，两地隔绝，词人只能独自承受着无尽的相思之苦。

最后，通过"欲知方寸，共有几许新愁？芭蕉不展丁香结"等句，词人进一步抒发了自己内心的愁苦和思念。他想知道对方的心中是否也像自己一样充满了新愁旧恨。词人用芭蕉卷曲、丁香打结来形容这种内心的纠结和痛苦，使整个情感表达更加深刻和生动。最后，"枉望断天涯，两厌厌风月"二句以天涯海角的漫漫风月为背景，表达了词人对远方亲人的无尽思念和期盼。

名家集注

俞陛云《唐五代两宋词选释》：方回眷一丽姝，别后姝寄诗云："独倚回阑泪满襟。小园春色懒追寻。深恩纵似丁香结，难展芭蕉一寸心。"方回用所寄诗意成此调，亦云《柳色黄》云。"长亭"以下七句顿挫有致，观其"龙沙""出关"等句，当是北地胭脂。吴汉槎诗所谓"红粉空娇塞上春"也。

吴曾《能改斋漫录》：方回眷一姝，别久，姝寄诗云："独倚危兰泪满襟，小园春色懒追寻。深恩纵似丁香结，难展芭蕉一寸心。"贺因赋此词，先叙分别时景色，后用所寄诗语，有"芭蕉不展丁香结"之句。

俞陛云《唐五代两宋词选释》：方回眷一丽姝，别后姝寄诗云："独倚回阑泪满襟，小园春色懒追寻。深恩纵似丁香结，难展芭蕉一寸心。"方回用所寄诗意成此调，亦云《柳色黄》云。

生查子·陌上郎

西津海鹘舟，径度沧江雨。双舻本无情，鸦轧如人语。
挥金陌上郎，化石山头妇。何物系君心，三岁扶床女。

译文

　　丈夫乘着状如鹰隼的快船离开渡口，径自穿越茫茫烟雨，消失于大江深处。船上的双橹本是无情之物，却似乎也在感叹他们的分别，发出咿呀之声，如同人语。

　　丈夫在外挥金如土，不知珍惜，而妻子却在家中苦苦等待，几乎要化为山头望夫的石头。究竟什么能拴住他的心呢？别忘了，家中还有扶床行走、刚刚三岁的幼女。

鉴赏

　　在这首词中，贺铸以细腻的笔触描绘了离别的场景和妻子对丈夫的深深思念。他通过海鹘舟、沧江雨、双舻、鸦轧等意象，营造出凄迷而深远的背景，使得离别的情感更加浓烈。

　　"径"字大有深意，即使是妻悲女啼，情意绵婉；即使是气候恶劣，雨急浪险，船还是一点也不犹豫，一点也不留恋地径直而去。

"双舻本无情，鸦轧如人语"两句，词人采用"移情于物"的手法，出人意料地把摇动双橹而产生的连续低沉的声音当做触媒，连这本无生命、无感情的"双舻"也为上述的送别场景所感动，像一个阅尽人间悲欢的老人那样发出深情的喟叹，此时郁积于词人心中的感情也就不言而自明了。

"何物系君心？三岁扶床女！"最后两句以反诘呼起，透出更加强烈的感情。词人在"有什么东西能系住你的心"这一问之中，已经是在谴责丈夫之负心。接着，又以家中还有刚刚能够扶着床沿走路的三岁女儿来进行再一次的劝喻，诚挚委婉，撼动人心。

名家集注

刘石《宋词鉴赏大辞典》：此词运用将物拟人、以物语言己情的手法，以"舻语"谴责、批判了玩弄女性的负心之徒，对于被侮辱、被损害的不幸女子予以深切同情。

夏承焘《宋词鉴赏辞典》：在长期的中国封建社会里，由于妇女一直作为男子的附庸，因而就产生了许多"痴心女子负心汉"的爱情和家庭生活悲剧。古代进步作家在涉及这一主题时，往往毫不犹豫地把同情给予那些不幸的女子，而把谴责批判的矛头直指负心之徒。方回哲宗元祐四年（1089）八月在历阳曾赋《望夫石》一诗，借当涂"望夫山"的传说歌咏了这一主题，"交游间无不爱者"（《王直方诗话》）。很可能在同时，他又写了这首词，再一次表达了自己鲜明的爱憎。

宋祁

宋祁（998—1061），字子京，北宋时期著名的文学家、史学家和词人。他出生于安州安陆（今湖北省安陆市），后徙居开封雍丘（今河南省杞县）。宋祁学识渊博，才华出众，天圣二年（1024）考中进士，官至翰林学士、史馆修撰。他与兄长宋庠共同修撰《新唐书》，并因此名声大噪，并称"二宋"。

他一生著述丰富，不仅有文集传世，还对历史研究有着重要贡献。宋祁的文学成就和历史贡献，使他成为北宋时期一位杰出的文化名人。

宋祁的诗词语言工丽，尤以《玉楼春》词中"红杏枝头春意闹"一句脍炙人口，被世人誉为"红杏尚书"。

锦缠道（燕子呢喃）

燕子呢喃，景色乍长春昼。睹园林、万花如绣。海棠经雨胭脂透。柳展宫眉，翠拂行人首。

向郊原踏青，恣歌携手。醉醺醺、尚寻芳酒。问牧童、遥指孤村道："杏花深处，那里人家有。"

译文

燕子在轻声细语，春天的景色美得让人心醉。白昼突然变得悠长。看园林里的景色，繁花盛开，如同一片绚丽多彩的锦绣。海棠花经过春雨的滋润，花瓣如胭脂一般红艳，被雨水浸透后更显娇艳。柳叶舒展，如同宫女的眉毛。翠绿的叶子轻拂着行人的头。

人们到郊外去踏青，欢快地歌唱，手牵手地漫步。我已经有些醉意，却还想寻找更美的酒。我向牧童询问，他远远地指着远处的孤村说："杏花深处的人家就有。"

鉴赏

这首词通过细腻的描绘，展现了一幅生机盎然的春景图。燕子呢喃，万花如绣，海棠经雨，柳展宫眉，这些生动的画面都充满了春天的气息。

《锦缠道》是一个词牌名，又名《锦缠头》《锦缠绊》，双调六十六字，上片六句四仄韵，下片六句三仄韵。这种词牌形式使得词作在节奏和韵律上都具有独特的魅力。

"燕子呢喃，景色乍长春昼。"这两句词开篇即点明时节是早春，时间是白昼，而"燕子呢喃"生动地描绘出了燕子轻声细语的情态，令人感受到生机勃勃的春天气息。

"睹园林、万花如绣"，词人用"万花如绣"来形容园林中的繁花盛开，既展现了春天的繁花似锦，也体现了词人对大自然的赞美之情。

"海棠经雨胭脂透。柳展宫眉，翠拂行人首。"这几句词具体描绘了海棠花和柳条。经过春雨洗礼的海棠花花瓣如同胭脂一般红艳，柳叶则如同宫女的眉毛一般舒展，翠绿的叶子轻轻拂过行人的头，给人一种清新自然的感觉。

"向郊原踏青，恣歌携手。"这两句词描绘了人们到郊外踏青的场景，他们欢快地歌唱，手牵手地漫步，体现了人们享受春天、享受生活的情感。

"醉醺醺、尚寻芳酒。"词人在此处表达了自己已经有些醉意，但还想寻找更美的酒，进一步体现了词人对美好生活的追求和享受。

　　"问牧童、遥指孤村道:'杏花深处,那里人家有。'"结尾处词人向牧童询问何处有酒,牧童遥指孤村说杏花深处有人家。这不仅为词作增添了一种田园牧歌式的情调,也使整首词在情感上达到了一种悠然自得的境界。

名家集注

　　夏承焘《宋词鉴赏辞典》:王国维《人间词话》曾称道宋祁《木兰花》:"'红杏枝头春意闹',着一'闹'字而境界全出。"正是这一"闹"字,显现了红杏并非无语争春,而"万花如绣",柳拂行人,又岂非撩人之意?大概正是都抓着了春意撩人这一灵魂,宋祁的词才显得那样鲜明热烈,形象呼之欲出。

　　刘石《宋词鉴赏大辞典》:此词叙写春日出游的所见、所闻与所感。词的上片着意描写春景,下片着重抒发游兴。全篇紧紧围绕春游这一主题,既描绘了桃红柳绿、花鸟明丽的春日景色,又有声有色、淋漓尽致地抒发了郊游宴乐的豪情逸兴,字里行间洋溢着对春日景色的迷恋热爱之情和对郊游宴乐生活的向往赞赏之意,这是词人生活方式、人生态度的真实写照和生活情趣的自然流露。

玉楼春·春景

　　东城渐觉风光好,縠皱波纹迎客棹。绿杨烟外晓寒轻,红杏枝头春意闹。

　　浮生长恨欢娱少,肯爱千金轻一笑。为君持酒劝斜阳,且向花间留晚照。

　　漫步在城东，我越来越感受到春天的美好。湖面荡起层层细波，如同皱起的薄纱，轻轻摇曳着湖中的小船。清晨的雾气中，杨柳依依，仿佛在晨霞的光芒中轻盈地舞动。粉红的杏花开满枝头，春意盎然。

　　然而，我总是感叹欢乐的时光那么少。怎能因为客啬千金，就轻视那难得的欢笑呢？此刻，我愿举起酒杯，向那斜阳劝酒，请你留下来，再照耀一会儿那些晚开的花朵，让我们能多享受一些这美好的春光。

　　这首词以春景为背景，抒发了词人对美好时光的珍惜和留恋。词中"红杏枝头春意闹"一句，以动写静，生动地描绘出春天的生机与活力。同时，词中透露出词人对于人生的感慨，"浮生长恨欢娱少"，表达了词人对于欢乐时光的渴望和珍惜。

　　上片主要描绘早春的景色，充满了生命的活力和丰富的色彩。词人通过细腻的笔触，捕捉到了春天的细微变化。从湖面荡起的层层细波，到杨柳依依的轻盈舞动，再到粉红的杏花簇拥枝头，每一个细节都生动地展现出了春天的美丽和生机。词人用拟人化的手法，给春风、湖水、杨柳、杏花等自然景物赋予了生命和情感，使整个画面更加鲜活和动人。

　　下片转入了对人生的感慨和思考。词人感叹人生的短暂和欢乐时光的稀少，表达了对时光流逝的无奈和惋惜。他用"浮生"来形容人生的虚无和缥缈，用"欢娱少"来表达对欢乐时光的珍惜和留恋。这种情感与上片对春景的描绘形成了鲜明的对比，使得整首词在情感上更加丰富和深刻。

清·刘体仁《七颂堂词绎》："红杏枝头春意闹"，一"闹"字卓绝千古。

清·王士祯《花草蒙拾》："红杏枝头春意闹尚书"，当时传为美谈。吾友……极叹之，以为卓绝千古。然实本花间"暖觉杏梢红"，特有青蓝、冰水之妙耳。

清·刘熙载《艺概》：词中句与字有似触着者，所谓极炼如不炼也。……宋景文"红杏枝头春意闹"，"闹字"，触着之字也。

俞平伯《唐宋词选释》：当时传说，称宋为"红杏枝头春意闹尚书"，见《苕溪渔隐丛话》前集卷三十七引《遁斋闲览》。王士祯《花草蒙拾》云出于《花间集》"暖觉杏梢红"（和凝《菩萨蛮》），却比原句更进一层。

刘石《宋词鉴赏大辞典》：此词上片从游湖写起，讴歌春色，描绘出一幅生机勃勃、色彩鲜明的早春图；下片则一反上片的明艳色彩、健朗意境，言人生如梦，虚无缥缈，匆匆即逝，因而应及时行乐，反映出"浮生若梦，为欢几何"的寻欢作乐思想。作者宋祁因词中"红杏枝头春意闹"一句而名扬词坛，被世人称作红杏尚书。……这首词章法井然，开阖自如，言情虽缠绵而不轻薄，措词虽华美而不浮艳，将执著人生、惜时自贵、流连春光的情怀抒写得淋漓尽致，具有不朽的艺术价值。

张先

张先（990—1078），字子野，北宋著名词人。他出生于乌程（今浙江省湖州市），早年便展现出了卓越的才华，与欧阳修同榜进士，后历任都官郎中等重要职位。

张先的性格疏放，生活浪漫，为人风趣，这些特点也体现在他的词作中。他的词作风格独特，早期以小令著称，与晏殊并称；晚期多写慢词，与柳永齐名。他的词意新语工，含蓄而有韵味，尤其是在几首词中连续使用"影"字，因而获得了"张三影"的美称。

张先的一生跨越了多个历史阶段，他的词作在词史上起到了承前启后的作用，对后世的文学创作产生了深远的影响。

一丛花令（伤高怀远几时穷）

伤高怀远几时穷？无物似情浓。离愁正引千丝乱，更东陌、飞絮蒙蒙。嘶骑渐遥，征尘不断，何处认郎踪？

双鸳池沼水溶溶，南北小桡通。梯横画阁黄昏后，又还是、斜月帘栊。沉恨细思，不如桃杏，犹解嫁东风。

译文

无尽地伤怀离愁，是因为登高望远而起了故园之思吗？世间万物，没有什么比爱情更浓烈。离愁别恨正牵引着千丝万缕的柳条纷乱飞舞，更何况东陌之上，飞絮蒙蒙，惹人愁思。骑着嘶鸣的骏马渐渐远去，只余下征尘不断，又到哪里去寻找你的踪迹呢？

池塘中春水融融，一对鸳鸯在水中嬉戏，这水南北可通，时见有小船往来。黄昏后，独上画阁，只见斜月映照着帘栊。深思前事，痛恨不已，还不如桃花、杏花，尚能嫁给东风，随风而去。

鉴赏

全词以伤高怀远为主题，通过细腻的笔触和深沉的情感，展现了词人对远方情人的思念与无尽伤感。

词的上片，首句"伤高怀远几时穷"突兀而起，直抒胸臆，词人登高望远，思念之情油然而生，这样的情感似乎永无穷尽。接下来，"无物似情浓"一句，更是对情感的深刻描绘，世间万物，无一能比爱情更为浓烈，这种情感让人无法消受。

词人进一步以"离愁正引千丝乱"描绘离愁别恨如千丝万缕般纷乱，再以东陌之上飞絮蒙蒙的景象，加深了对离愁的渲染。词中的"嘶骑渐遥，征尘不断"描绘出情人离去的场景，那种渐行渐远、尘土飞扬的画面，让人心生感慨。

下片通过描绘池塘中的鸳鸯、黄昏后的画阁、斜月映照下的帘栊等景象，进一步营造出一种孤寂、凄美的氛围。词人独上画阁，面对空寂无人的景象，心中充满了对情人的思念与怨恨。最后一句"沉恨细思，不如桃杏，犹解嫁东风"，更是将词人的情感推向了高潮，词人深感命运的不公，连桃花、杏花都能随风而去，而自己的情感却无处寄托。

整首词情感真挚，意境深远。词中的自然景象与词人的情感相互交织，形成了一种独特的艺术效果，让人感受到了词人内心深处的痛苦与无奈。同时，词中透露出词人对真挚情感的执着追求和对命运的无奈感慨，让人对爱情和人生有了更深的思考。

刘逸生《宋词小札》：这首《一丛花》，比较深刻地体贴了少女的心情，反过来衬托自己对她的怀念，却是写得很成功的。

刘石《宋词鉴赏大辞典》：此词写一位女子她的恋人离开后独处深闺的相思和愁恨。词的结尾两句，通过形象而新奇的比喻，表现了女主人公对爱情的执着、对青春的珍惜、对幸福的向往、对无聊生活的抗议、对美好事物的追求，是历来传诵的名句。……词中"不如桃杏，犹解嫁东风"句，使作者获得了"桃杏嫁东风"的雅号。张先的许多艳词都是感情浅薄的，而此词却情真意切，无论思想方面还是艺术方面都值得永远为人称道。

蔡义江《宋词三百首全解》：关于这首词有个故事说：张先曾经与一个小尼姑有私约，老尼姑管教很严，她们住宿在池岛中的一个小阁楼上。待到夜深人静，小尼姑就偷偷地从梯子上下来，使张先能登池岛来阁楼与她幽会。临别时，张先十分留恋不舍，就填写了这首《一丛花》词来抒发自己的情怀。（《绿窗新话》引杨湜《古今词话》）。

千秋岁（数声鶗鴂）

数声鶗鴂，又报芳菲歇。惜春更把残红折。雨轻风色暴，梅子青时节。永丰柳，无人尽日飞花雪。

莫把幺弦拨，怨极弦能说。天不老，情难绝。心似双丝网，中有千千结。夜过也，东窗未白凝残月。

数声杜鹃的鸣啼，又报告烂漫春光将要逝去。惜春人更想把残花折下，雨轻风狂，正逢着梅子发青的暮春时节。永丰坊的柳树，无人过问，整日里飞絮飘飞似雪。

不要拨动琵琶的幺弦，那怨曲叫人伤心欲绝。苍天不老，此情难绝。心就像那双丝网，中间有千千万万个结。中夜已经过去，而东方未白，尚留一弯残月。

这首词通过细腻的描绘和深沉的感慨，表达了词人对春天逝去、爱情难续的深深哀愁。

首先，词中运用了大量的意象和象征手法，将自然景物与人的情感紧密地结合在一起。数声杜鹃的啼鸣，不仅点明了暮春时节，更象征着美好时光的流逝；残红的凋零、梅子的青涩、飞絮的飘扬，都成为了词人内心痛苦与无奈的外化。这些意象不仅丰富了词作的内涵，也增强了其艺术感染力。

词中的情感表达真挚而深沉，词人通过描绘自己的行为和内心感受，将对春天和爱情的怀念之情表达得淋漓尽致。他折下残花，试图留住春天的脚步；他拨动琵琶，试图倾诉内心的痛苦。这些行为不仅生动地展现了词人的情感世界，也让读者感受到了他对美好事物的执着追求和对命运的无奈感慨。

清·陈廷焯《白雨斋词话》：（子野词）有含蓄处，亦有发越处。但含蓄不似温、韦，发越亦不似豪苏腻柳。

刘石《宋词鉴赏大辞典》：这首《千秋岁》写的是悲欢离合之情，声调激越，极尽曲折幽怨之能事。……这首词韵高而情深，含

张先

蓄又发越，可以说，兼有婉约与豪放两派之妙处。

唐圭璋，钟振振《唐宋词鉴赏辞典》：这是一首伤春怀人的词。上片以景为主，融情入景；下片以情为主，融景入情。对景伤春与相思之情，融为一境，主旨是怀人。……体味全词，词情的背后隐然是一个爱情的悲剧。"心似双丝网，中有千千结。"明言男女双方互相挚爱。"雨轻风色暴""又报芳菲歇"，则暗示爱情尤其是女方横遭摧残的命运。在封建社会里，命运与词中女子相同的妇女，不知有多少。《千秋岁》词调的声情，是适合于抒写这种哀怨的。

上海辞书出版社文学鉴赏辞典编纂中心《唐宋词鉴赏辞典》：这首词是写爱情横遭阻抑的幽怨情怀和坚决不移的信念。作者张先以"不如桃杏，犹解嫁东风"及"云破月来花弄影"诸名句蜚声北宋词坛。在现存一百八十首词中，内容涉及爱情、友谊、风土等多方面。尤其擅长写悲欢离合之情，能曲尽其妙。此词就是其中之一。词调《千秋岁》声情激越，宜于抒发抑郁的情怀，秦观写的一首（水边沙外）也是如此。

醉垂鞭（双蝶绣罗裙）

双蝶绣罗裙，东池宴，初相见。朱粉不深匀，闲花淡淡春。
细看诸处好，人人道，柳腰身。昨日乱山昏，来时衣上云。

译文

她穿着绣有双蝶的丝罗裙子，我们初次相见便是在那东池设宴的场合。她面颊微红，妆容淡雅，就如一朵野花，恬淡而幽雅地沐浴着芳春。

我细细端详，她身上处处都好，人们都说她身材苗条，腰肢纤细柔软。她像从巫山深处飘然而至，因为她到来时衣服上还像带着浮动的白云。

鉴赏

　　此词以酒宴中初见一位少女的情景为题材，通过对她的服饰、妆容、身姿的细腻描绘，以及环境氛围的渲染，展现出了词人初见她时的惊艳与喜悦，同时体现了词人独特的审美眼光和艺术风格。

　　词的上片以"双蝶绣罗裙"开篇，直接点明了女子的华美服饰，罗裙上绣着双飞的蝴蝶，图案繁复而美丽。接着，"东池宴，初相见"交代了相遇的时间和地点，营造出了一种宴饮欢聚的氛围，使得整个场景更加生动真实。然后，"朱粉不深匀，闲花淡淡春"则是对女子妆容的细腻描写，她并未在脸上涂抹过多的脂粉，只是淡妆修饰，显得恬淡而自然，如同野花般在春天里静静绽放。这种淡雅的妆容不仅符合词人对美的独特理解，也体现了女子自身的气质和风度。

　　词的下片则进一步描绘了女子的美丽和动人之处。"细看诸处好，人人道，柳腰身"是对女子身姿的赞美，词人细细端详她，发现她处处都好，特别是那细柳般的腰身，更是让人赞叹不已。这种对女子身姿的细腻描绘，不仅展现出了词人的审美眼光，也体现出了他对美好事物的敏锐感知。最后两句"昨日乱山昏，来时衣上云"则是一种朦胧而富有诗意的笔触，这种朦胧的意象不仅增加了词的艺术魅力，也使得整个场景更加富有诗意和想象力。

　　整首词意境优美，语言生动，词人善于从细节入手，通过对女子的细腻描绘来展现其内在的美和气质。这种对美的独特理解和追求也使得这首词在宋词中独树一帜，成为了一首经典之作。

61

张　先

名家集注

清·周济《宋四家词选》：横绝。

刘石《宋词鉴赏大辞典》：本词意境之妙于亦真亦幻。如"昨日"两句，很明显是脱胎于宋玉《高唐赋》，而从其人所着云衣生发，就使人看了产生真中有幻之感，觉得她更加飘然若仙了。筵前赠妓，题材本属无聊。但词人笔下这幅美人素描还是相当动人的。妙处如"闲花"一句的以一胜多，"昨日"两句的真幻莫辩等。

蔡义江《宋词三百首全解》：这首词有点像一幅肖像画。画的是谁呢？从作者在宴会上见到她和众人对她评头品足来看，应仍是一位年轻美貌的教坊艺妓。只是画是静止的，而词的描写却是流动的。……《醉垂鞭》不是常用的词调，在押韵方法上有自己的特点。它句句有韵，只是以平声一韵为主，间押仄声他韵。词中为主的平韵是"裙""匀""春""身""昏""云"。但上阕的"宴"和"见"也押韵，是间押的仄声韵；下阕"好"和"道"又是另一个间押的仄声韵，值得注意。

诉衷情（花前月下暂相逢）

花前月下暂相逢。苦恨阻从容。何况酒醒梦断，花谢月朦胧。花不尽，月无穷。两心同。此时愿作，杨柳千丝，绊惹春风。

译文

花前月下我们两心相依，短暂的相逢让我倍感欣喜。然而苦恨的是，种种阻碍使我们无法从容相守。更何况，当酒醒梦断之时，花儿凋谢，月色朦胧，那情境更添离愁别绪。

花开不尽，月亮自古至今圆缺不停。我们的心也会一直相通。此刻，我愿化作杨柳千丝万缕，随风起舞，绊惹那温暖的春风。

鉴赏

这首词通过描绘花前月下的短暂相逢和离别后的无尽相思，展现了词人对爱情的执着追求和无奈感慨。

词的上片以"花前月下暂相逢"开篇，直接点明了词人与心上人相遇的美好时刻的短暂性。花前月下，本是良辰美景，是恋人相聚的绝佳场所，但"暂相逢"三字却透露出一种无奈和遗憾，暗示了这种美好时光的短暂和难以持续。接下来，"苦恨阻从容"一句，进一步表达了词人对于无法从容相守的深深痛苦和怨恨。这种怨恨并非针对某个人或某件事，而是对命运的无常和爱情的脆弱的一种无奈感慨。

接着则通过"何况酒醒梦断，花谢月朦胧"等句，进一步渲染了离别的悲凉氛围。酒醒之后，美梦已断，花儿凋谢，月色朦胧，这一切都象征着爱情的消逝和离别的到来。然而，词人并未就此沉沦，而是表达了一种美好的期待："花不尽，月无穷。两心同"。他相信，只要两心相通，爱情就不会消逝，就像花儿会再开，月亮会再圆一样。最后，"此时愿作，杨柳千丝，绊惹春风"一句，则以一种浪漫而富有诗意的方式，表达了词人对爱情的执着追求和无限期待。

整首词情感真挚，意境深远，既表达了词人对爱情的深深眷恋和无奈感慨，也展现了他对美好生活的向往和追求。词中的花、月、酒、梦等意象，既是爱情的美好象征，也是对离别和相思的深刻描绘。通过这些意象的交织和呼应，词人将自己的情感世界展现得淋漓尽致。

此外，这首词的语言优美生动，既有古典诗词的韵味，又不失现代感。词人运用了大量的象征手法，使得整首词既具有艺术

张先

美感，又富有思想深度。这也是这首词能够成为爱情词中的千古绝唱的重要原因之一。

名家集注

刘石《宋词鉴赏大辞典》：此词表现了不甘屈服于邪恶势力的美好爱情，表现出不幸命运中心灵的高贵、圣洁，表现出苦难人生中一对情侣的至爱情深，堪称爱情词中的千古绝唱。全词从上片的悲怆沉痛转向下片的美好期待。心灵升华，笔力不凡，波澜起伏，感人至深。词中用"花""月"的形象贯穿而成，既写了"花前月下"的相恋，也写了"花谢月朦胧"的爱情受阻，还写了"花"不尽，月无穷的美好祝愿。随着花月意象所呈示的象征意义的流转，词人情感精神所经历的曲折变化也凸现出来。……此词通过叙写一段横遭挫折的爱情，表现了词人对于爱情的忠贞不渝，同时也表现出一种美好期望不断升华的向上精神。宋晁补之评张先曰："子野韵高"，乃深透之语。

夏承焘《宋词鉴赏辞典》：此词写的是横遭挫折的爱情。其难能可贵之处，不仅在于对爱情抱有择善固执忠贞不渝的坚定态度，而且在于表现出一种美好期愿不断升华的向上精神。……从抒情质量的角度来评衡此词，则这首令词堪称抒情文学之珍品。它表现出了不甘屈服于恶势力的美好人性，表现出人与人之间最大的信任和无比的爱，表现出了处在不幸命运中心灵的高度升华。宋代晁补之早就指出过："子野韵高。"（《能改斋漫录》卷十六引）此词即是一证。

柳永 柳永（984—1053），北宋时期著名的婉约派词人。他来自崇安（今福建省武夷山市），原名三变，字景庄，后改名永，字耆卿，排行第七，故又称柳七。柳永是宋真宗朝的进士，曾任屯田员外郎，因此世称柳屯田。

他自称"奉旨填词柳三变"，毕生致力于词的创作，并以"白衣卿相"自诩。柳永的词作多描绘城市风光和歌妓生活，尤其擅长表达羁旅行役之情，创作了大量的慢词。他的词作铺叙刻画，情景交融，语言通俗，音律谐婉，流传极广，被誉为"凡有井水饮处，皆能歌柳词"。

柳永作为婉约派的代表人物，对宋词的发展产生了重大影响，其代表作如《雨霖铃》和《八声甘州》等，至今仍被广泛传诵。

雨霖铃（寒蝉凄切）

寒蝉凄切，对长亭晚，骤雨初歇。都门帐饮无绪，留恋处，兰舟催发，执手相看泪眼，竟无语凝噎。念去去，千里烟波，暮霭沉沉楚天阔。

多情自古伤离别，更那堪、冷落清秋节。今宵酒醒何处？杨柳岸，晓风残月。此去经年，应是良辰好景虚设。便纵有千种风情，更与何人说？

译文

　　秋蝉的叫声凄凉而急促，黄昏时分，我面对着长亭，骤雨刚刚停歇。在京都郊外设帐饯行，却没有畅饮的心绪，正在依依不舍的时候，船上的人已催着出发。我们握着手互相瞧着，满眼泪花，直到最后也无言相对，千言万语都噎在喉间说不出来。这一去路途遥远，千里烟波渺茫，傍晚的云雾笼罩着天空，深厚广阔，不知尽头。

　　自古以来，多情的人总是为离别而伤感，更何况是在这冷清、凄凉的秋天！谁知我今夜酒醒时身在何处？怕是只有杨柳岸边，面对凄厉的晨风和黎明的残月了。这一去长年相别，我料想即使遇到好天气、好风景，也如同虚设。即使有满腹的情意，又能和谁一同欣赏呢？

鉴赏

　　关于词牌《雨霖铃》的来源，相传是唐玄宗在入蜀时，因听到雨中的铃声而想起杨贵妃，因此创作了此曲，曲调本身就带有哀伤的成分，这为整首词奠定了情感基调。

　　这首词以凄切的寒蝉声为切入点，描述了离别时的场景和心境。

　　在情感上，这首词表达了对清秋时节的离别的深深伤感。词人想象着酒醒后的孤寂和凄凉，感叹良辰好景虚设，纵有千种风情，也无人可诉。这种深深的孤独和无奈，让人感同身受。

　　在艺术上，这首词运用了丰富的意象和生动的描绘，使情感表达更加深入人心。词中的语言优美动人，音律谐婉，展现了柳永作为一位杰出词人的才华和艺术魅力。

名家集注

　　宋·俞文豹《吹剑录》：东坡在玉堂日，有幕士善歌，因问我词何如耆卿。对曰：郎中词，只好十七八女子，执红牙按歌"杨柳岸、晓风残月"；学士词，须关西大汉铁绰板，唱"大江东去"。为之绝倒。

明·李攀龙《草堂诗余隽》："千里烟波"，惜别之情已骋；"千种风情"，相期之愿又赊。真所谓善传神者。

明·王世贞《艺苑卮言》："今宵酒醒何处，杨柳外，晓风残月。"与秦少游"酒醒处，残阳乱鸦"，同一景事，而柳尤胜。

清·沈谦《填词杂说》：词不在大小浅深，贵于移情。"晓风残月""大江东去"，体制虽殊，读之皆若身历其境，惝恍迷离，不能自主，文之至也。

蔡义江《宋词三百首全解》：这首感伤离别的词是柳永最负盛名之作，历来词家纷纷评论赞誉不绝，从其高超的艺术表现来看，应是当之无愧的。

蝶恋花（伫倚危楼风细细）

伫倚危楼风细细，望极春愁，黯黯生天际。草色烟光残照里，无言谁会凭阑意。

拟把疏狂图一醉，对酒当歌，强乐还无味。衣带渐宽终不悔，为伊消得人憔悴。

译文

我伫立在高楼上，细细春风迎面吹来，极目远望，不尽的愁思，黯然弥漫天际。夕阳斜照，草色蒙蒙，谁能理解我默默凭倚栏杆的心意？

本想尽情放纵，一醉方休。当在歌声中举起酒杯时，才感到勉强求乐反而毫无兴味。我日渐消瘦也不觉得懊悔，为了你我情愿一身憔悴。

鉴赏

这首词以"伫倚危楼风细细"开篇，词人通过描绘自己独自倚靠在高楼之上，微风拂面的情景，营造出一种孤寂、落寞的氛围。这种氛围不仅为全词奠定了情感基调，也为读者提供了一个想象的空间，使人仿佛能够置身于高楼之上，感受到词人内心的孤独与无奈。词首"伫倚"一词，有的版本作"独倚"。

接着，"望极春愁，黯黯生天际"一句，词人将视线投向远方，春天的愁绪如同天际的阴霾一般，黯然升起。这里的"春愁"并非单纯的季节感伤，而是词人内心深处对离别、对爱情、对人生的多重愁绪。这种愁绪如同天际的阴霾，无法消散，让人倍感压抑。

"草色烟光残照里，无言谁会凭阑意"一句，词人进一步描绘了眼前的景色：草色青青，烟光缭绕，夕阳残照。然而，在这美丽的景色之中，词人却感到无比的孤独和寂寞，无人能够理解他凭栏远眺的心情。这种孤独感不仅源于外在环境的冷清，更源于内心深处的情感空缺。

下阕中，"拟把疏狂图一醉，对酒当歌，强乐还无味"一句，词人试图通过饮酒作乐来排遣内心的苦闷，然而却发现这种暂时的欢愉并不能真正消除心中的愁绪，反而更加凸显了词人内心的痛苦和无奈。

最后，"衣带渐宽终不悔，为伊消得人憔悴"一句，词人表达了对爱情的坚定执着。尽管为了思念意中人，词人日渐消瘦、憔悴不堪，但他却无怨无悔。这种对爱情的执着和坚韧，使得这首词的情感表达达到了高潮。

整首词以"春愁"为主线，通过细腻的描绘和深沉的情感表达，展现了词人内心的孤独、寂寞和对爱情的执着追求。同时，词人巧妙地运用了象征、隐喻等修辞手法，使得全词的意境更加深远、含蓄。此外，词的语言优美、流畅，读来如行云流水，给人以美的享受。

名家集注

清·王又华《古今词论》：小词以含蓄为佳，亦有作决绝语而妙者，如韦庄"谁家年少足风流。妾拟将身嫁与，一生休。纵被无情弃，不能羞"之类是也。牛峤"须作一生拼，尽君今日欢"，抑其次矣。柳耆卿"衣带渐宽终不悔，为伊消得人憔悴"，亦即韦意而气加婉。

俞陛云《唐五代两宋词选释》：长守尾生抱柱之信，拼减沈郎腰带之围，真情至语。此词或作六一词，汲古阁本则列入《乐章集》。

夏承焘《宋词鉴赏辞典》：全词成功地刻画出一个志诚男子的形象，描写心理细腻充分，尤其是词的最后两句，直抒胸臆，画龙点睛般地揭示出主人公的精神境界，被王国维称为"专作情语而绝妙者""求之古今人词中，曾不多见"（《人间词话删稿》——）。

八声甘州（对潇潇暮雨洒江天）

对潇潇暮雨洒江天，一番洗清秋。渐霜风凄紧，关河冷落，残照当楼。是处红衰翠减，苒苒物华休。唯有长江水，无语东流。

不忍登高临远，望故乡渺邈，归思难收。叹年来踪迹，何事苦淹留？想佳人，妆楼颙望，误几回、天际识归舟。争知我、倚栏杆处，正恁凝愁。

译文

面对着潇潇细雨洒落在江天之上，这一番雨洗去了秋天的清朗。渐渐地，秋风凄紧，山河冷落，夕阳的余晖照耀在楼头之上。到处红花凋零，绿叶减少，美好的景物渐渐地衰残。只有那滔滔的长江水，默默地向东流淌。

我不忍心登高眺望远方，因为故乡太过遥远，我的归思难以收回。叹息这些年来的行踪，为何苦苦地久留他乡？想必佳人正在华丽的楼上抬头凝望，多少次错把远处驶来的船只当作我回家乘坐的船。她怎能知道，此刻我正倚着栏杆，心中充满了无尽的忧愁。

鉴赏

这首词以暮雨、江天、清秋为背景，描绘出一幅萧瑟凄凉的画面，抒发了词人深沉的思乡之情和人生感慨。全词情感真挚，意境深远，语言优美，被誉为柳永的代表作之一。

开头两句写雨后江天，澄澈如洗。一个"对"字，已写出登临纵目、望极天涯的境界。当时，天色已晚，暮雨潇潇，千里无垠。接着写高处景象，连用三个排句："渐霜风凄紧，关河冷落，残照当楼。"进一步烘托凄凉、萧索的气氛。"是处红衰翠减，苒苒物华休。"这两句写低处所见，到处花落叶败，万物都在凋零，更引起词人不可排解的悲哀。这既是景物描写，也是心情抒发，看到花木都凋零了，自然界的变化不能不引起人的许多感触，何况又是他乡作客之人。词人却没明说人的感触，而只用"无语东流"暗示出来。词人认为"无语"便是无情。在无语东流的长江水中，寄托了韶华易逝的感慨。

词的下片转入抒情，以"不忍登高临远，望故乡渺邈，归思难收"表达了对故乡的深深思念和无法归去的无奈。这里的"不忍"二字，道出了词人内心的矛盾和挣扎，既想登高望远以解思乡之苦,又怕登高后更加难以承受对故乡的思念之情。接下来,"叹年来踪迹,何事苦淹留"则是对自己长久漂泊、无法归家的深深叹息,透露出词人对生活的无奈和苦闷。

整首词在写景与抒情之间游刃有余,情景交融,意境深远。词人通过细腻的描绘和深情的抒发,将自己的羁旅行役之苦和思乡之情表达得淋漓尽致。同时,词中不乏对人生、爱情等主题的深刻思考,使得整首词不仅具有画面感,更富有哲理性和思想深度。

名家集注

宋·赵令畤《侯鲭录》:东坡云,"世言柳耆卿曲俗,非也。如《八声甘州》云:'霜风凄紧,关河冷落,残照当楼。'此语于诗句不减唐人高处"。

清·陈廷焯《白雨斋词话》:柳耆卿柳永《八声甘州》"对潇潇暮雨洒江天"意境甚深,有乐极悲来、时不我待之感。而下忽接云:"不妨且系青骢,漫结同心,来寻苏小。"荒谬无度,遂使上二句变成淫词,岂不可惜!

清·郑文焯《与人论词遗札》:柳词本以柔婉见长,此词却以沉雄之魄,清劲之气,写奇丽之情。

梁启超《饮冰室评词》:《八声甘州·对潇潇暮雨洒江天》。飞卿词:"照花前后镜,花面交相映。"此词境颇似之。

上海辞书出版社文学鉴赏辞典编纂中心《唐宋词鉴赏辞典》:柳耆卿在世时,不为人重,但因擅长填词而深受歌妓们的欢迎和赏识,一生潦倒,死后也是只有歌儿笛工们怀念不忘,逢时设祭。这种文士,旧时讥为"无行",但是他并不像那些正统士大夫们所估计得那般微不足道。他写下的几篇名阕,境界高绝,成为词史上的丰碑,是第一流作品,千古传诵。这篇《八声甘州》,早被苏东坡巨眼所识，说其间佳句"不减唐人高处"。须知这样的赞语，是极高的评价，东坡不曾轻易以此许人的。吟赏此词，全要着眼于开端，看他是何等气韵，笼罩一切。一个"对"字，已写出登临纵目、望极天涯的境界。尔时，天色已晚，暮雨潇潇，洒遍江天，千里无际。时节既入素秋，本已气肃天清，明净如水，却又加此一番秋雨，更是纤埃微雾，尽皆浣尽，一澄如洗。上来二句一韵，已有"雨"字，有"洒"字，有"洗"字，三个上声，但一循声高诵，已觉振爽异常！素秋清矣，再加净洗，清至极处——而此中多少凄冷之感亦暗暗生焉。仅此开头二句，便令人吟味无尽。

俞陛云《唐五代两宋词选释》：起二句有俊爽之致。"霜风""残照"三句音节悲亢，如江天开笛，古戍吹笳，东坡极称之，谓唐人佳处，不过如此。以其有提笔四顾之概，类太白之"牛渚望月"，少陵之"夔府清秋"也。其下二句顺笔写之，至结句江水东流，复能振起。后半首分三叠写法，先言己之欲归不得，何事淹留，次言闺人念远，误认归舟，与温飞卿之"过尽千帆皆不是，斜晖脉脉水悠悠"，皆善写闺人心事。结句言知君忆我，我亦忆君。前半首之"霜风""残照"，皆在凝眸怅望中也。

唐圭璋，钟振振《唐宋词鉴赏辞典》：这词的上下片前后情景，确实具相映交辉之美，于壮丽的景色中含有无限柔情。……有人曾认为"'关河冷落，残照当楼'，即《敕勒》之歌也"（刘体仁《七颂堂词绎》）。这是可以同意的。而"红衰翠减，苒苒物华休"，当具有杜甫《秋兴》诗之"玉露凋伤枫树林，巫山巫峡气萧森"的意境。"杜诗柳词，皆无表德，只是实说。"（项安世《平斋杂说》）以柳词与杜诗相提并论，在某些技巧方面是可以这样说的。他的"长调尤能以沉雄之魄，清劲之气，寄奇丽之情，作挥绰之声"（郑文焯《大鹤山人词论》），在这首词里表现得很充分。柳永不愧为慢词的奠基人，他开创了长短句式格律词的新局面，在中国词史上有崇高的地位。

苏轼

苏轼（1037—1101），字子瞻，号东坡居士，世称苏东坡，汉族，眉州眉山（今属四川省眉山市）人。他是北宋时期的著名文学家、书法家、画家，也是历史治水名人。苏轼在诗、词、散文、书法、绘画等领域均取得了卓越的成就。他的文学作品纵横恣肆，题材广泛，诗风清新豪健，善用夸张、比喻，独具一格，与黄庭坚并称"苏黄"。在词的创作上，苏轼开创了豪放派，与辛弃疾并称"苏辛"。他的散文著述宏富，豪放自如，与欧阳修并称"欧苏"，是"唐宋八大家"之一。

苏轼的书法也颇受赞誉，他是"宋四家"之一。在绘画方面，他擅长文人画，尤其擅长墨竹、怪石、枯木等题材。他的作品如《东坡七集》《东坡乐府》《潇湘竹石图》等，都是中华文化的瑰宝。

除了艺术成就，苏轼的生平也充满了传奇色彩。他生性放达，为人率真，深得道家风范。他喜好交友、美食，还创造了许多饮食精品。他的惊才绝艳和卓越成就，使他成为中国历史上一位不朽的文化巨匠。

江城子·乙卯正月二十日夜记梦

十年生死两茫茫，不思量，自难忘。千里孤坟，无处话凄凉。纵使相逢应不识，尘满面，鬓如霜。

夜来幽梦忽还乡，小轩窗，正梳妆。相顾无言，惟有泪千行。料得年年肠断处，明月夜，短松冈。

　　你我夫妻诀别已经整整十年，强忍不去思念可终究难忘怀。孤坟远在千里之外，没有地方能诉说我心中的悲伤凄凉。即使夫妻相逢你怕是也认不出我来了，我早已是灰尘满面，两鬓如霜。

　　昨夜在梦中又回到了家乡，看见你正在小窗前对镜梳妆。你我二人默默相对无言，只有泪落千行。料想年年都令我柔肠寸断的地方，就是被明月轻笼的、生着短小松柏的孤坟。

　　苏轼的这首悼亡词，旨在缅怀他已故的妻子王弗。这首词以其真挚的情感、深沉的思念和独特的艺术手法，成为了中国文学史上的经典之作。

　　词作开篇"十年生死两茫茫"直接点明了词的主题，即对亡妻的深深思念。十年光阴流转，生死相隔，但苏轼对王弗的思念之情却未曾消减，反而愈发浓烈。这种深情的表达，使得整首词充满了浓厚的感伤氛围。

　　在描述与亡妻在梦境重逢时，苏轼运用了生动的细节描写和细腻的情感表达。他描绘了亡妻"小轩窗，正梳妆"的情景，仿佛时光倒流，回到了两人共同度过的美好时光。然而，梦境终究是虚幻的，当苏轼意识到这一切只是梦境时，他的心中充满了无尽的悲伤和无奈。这种虚实相生的手法，使得词作的情感表达更加深沉而动人。

　　此外，苏轼在词中还巧妙地运用了对比和夸张等修辞手法。他将自己的衰老形象与亡妻的年轻形象进行对比，突出了生死相隔的残酷现实。同时，他通过夸张的手法，如"纵使相逢应不识，尘满面，鬓如霜"，表达了自己对亡妻的深深思念和无尽的悲伤。

在整首词中，苏轼的情感表达始终贯穿其中。他对亡妻的思念之情、对过去的回忆、对现实的无奈以及对未来的期盼，都通过深情的笔触得以展现。这种真挚的情感表达，使得词作具有了强烈的感染力和共鸣。

最后，从艺术手法上看，苏轼的这首词既体现了传统的悼亡诗风格，又有所创新。他用词写悼亡，使得这首词在表达上更加深情而细腻。同时，他通过独特的构思和生动的描写，使得整首词具有了鲜明的个性和独特的魅力。

名家集注

王方俊《唐宋词赏析》：本词通篇采用白描手法，娓娓诉说自己的心情和梦境，抒发自己对亡妻的深情。情真意切，全不见雕琢痕迹；语言朴素，寓意却十分深刻。

木斋《唐宋词评译》：这首悼亡之词，是宋神宗熙宁八年（1075），苏轼徙知密州为悼念亡妻王弗所作。苏轼与王弗是在仁宗至和元年（1054）结婚的，英宗治平二年（1065），年仅26岁的王弗在汴京突然去世。至此时，恰整十年。思念家乡，梦会亡妻，无疑是个典型的婉约词的题材，但一入东坡之手，便绝不似柳永、秦观之作。他将豪迈、洒脱的胸襟融入令人九曲回肠的题材之中，而使人在"千里孤坟，无处话凄凉"和"料得年年肠断处，明月夜，短松冈"这些表面凄凉的意象之中，感受到某种超旷之美。词人写凄清悲凉，却绝不深入细腻地刻划，而是以"千里""十年""千行"及"明月夜、短松冈"这些大字眼、大景致、大画面来表现，从而化凄清为苍凉，转婉约而为豪放。可以说，这是一首以"豪放"写"婉约"之作。是苏轼第一首艺术上获得空前成功的豪放与婉约结合之作。

艾治平《宋词名篇赏析》：从这首词看，苏轼追求的似是一种更高的生活情趣，是能够互通衷曲的人生知己，因此他虽写的只是个人生活范围的感伤，却不粘不滞，冰清玉洁，在悼亡词中是不可多得的佳作。

刘石《宋词鉴赏大辞典》：题记中"乙卯"年指的是宋神宗熙宁八年（1075），其时苏东坡任密州（今山东诸城）知州，年已四十。正月二十日这天夜里，他梦见爱妻王弗，便写下了这首"有声当彻天，有泪当彻泉"（陈师道语）的悼亡词。苏东坡的这首词是"记梦"，而且明确写了做梦的日子。但实际上，词中记梦境的只有下片的五句，其他都是真挚朴素，沉痛感人的抒情文字。"十年生死两茫茫"生死相隔，死者对人世是茫然无知了，而活着的人对逝者呢，不也同样吗？恩爱夫妻，一朝永诀，转瞬十年了。"不思量，自难忘"人虽云亡，而过去美好的情景"自难忘"呵！王弗逝世十年了，想当初年方十六的王弗嫁给了十九岁的苏东坡，少年夫妻情深意重自不必说，更难得她蕙质兰心，明事理。

蝶恋花·春景

花褪残红青杏小。燕子飞时，绿水人家绕。枝上柳绵吹又少，天涯何处无芳草。

墙里秋千墙外道。墙外行人，墙里佳人笑。笑渐不闻声渐悄，多情却被无情恼。

译文

花儿残红褪尽，树梢上初现了小小的青杏。燕子在天空飞舞，清澈的河流环绕着村落人家。柳枝上的柳絮已被风吹得越来越少，天涯路远，哪里没有芳草呢。

围墙之内，一位少女正在荡着秋千，她发出动听的笑声，那笑声穿透了围墙，墙外的行人都可清晰地听见。然而，慢慢地，那围墙里的笑声消失了，行人怅然若失，仿佛自己那多情的心被那无情的少女所伤害。

鉴赏

此词通过描写残红褪尽、青杏初生的暮春景色，抒发了词人的伤春之情，同时表达了词人对美好事物的追求和向往。

从开篇呈现出的暮春景色可以看出，苏轼对大自然的观察和感受极为敏锐。他描绘了花儿凋零的情景，同时特别注意到初生的青杏，语气中透出怜惜和喜爱，有意识地冲淡了先前浓郁的伤感之情。这种对细节的捕捉和情感的表达，展现了苏轼作为一位文学家对自然美的敏锐捕捉和深情表达。

接着，词中通过"绿水人家绕"等句子，进一步描绘了一幅美丽而生动的春天画面。燕子绕舍而飞，绿水绕舍而流，行人绕舍而走，这些景象都显得非常真切，为整篇词作增添了几分生动和活力。

在描绘春光的同时，苏轼巧妙地融入了自身的情感。他以"柳绵吹又少"来象征春光易逝，表达出对春天即将过去的惋惜之情。"天涯何处无芳草"则展现了词人旷达的情怀，即使在春光将尽之际，依然能发现生活中的美好和希望。

此外，下阕中的"墙里秋千墙外道，墙外行人，墙里佳人笑"等句子，更是将词人的情感推向了高潮。他描绘了遇得佳人却无缘一晤的情景，表达了自己多情却遭到无情对待的悲哀。这种情感的表达既深情缠绵又空灵蕴藉，情景交融，于清新中蕴含哀怨，于婉丽中透出伤情。意境朦胧，韵味无穷。

名家集注

宋·惠洪《冷斋夜话》：东坡《蝶恋花》词云云。东坡渡海，惟朝云王氏随行，日诵"枝上柳绵"二句，为之流泪。病极，犹不释口。东坡作《西江月》悼之。

清·王士祯《花草蒙拾》："枝上柳绵"，恐屯田（柳永）缘情绮靡，未必能过。孰谓东坡但解作"大江东去"。

俞陛云《唐五代两宋词选释》：絮飞花落，每易伤春，此独作旷达语。下阕墙内外之人，干卿底事，殆偶闻秋千笑语，发此妙想，多情而实无情，是色是空，公其有悟耶？

俞平伯《唐宋词选释》：《诗人玉屑》卷二十引《古今词话》说此句："盖行人多情，佳人无情耳。"《诗词曲语辞汇释》卷五："言墙里佳人之笑，本出于无心情，而墙外行人闻之，枉自多情，却如被其撩拨矣。"张释较详，又说"恼"为"撩"。按"恼"字仍从烦恼取义，被引起烦恼，即是被撩拨。

唐圭璋，钟振振《唐宋词鉴赏辞典》：这是一首感叹春光易逝、佳人难见的小词。……这首词作于何时已不可考，只知道苏轼晚年贬官岭南曾叫侍妾朝云唱此词：子瞻在惠州，与朝云闲坐。时青女（霜神）初至，落木萧萧，凄然有悲秋之意，命朝云把大白，唱"花褪残红"。朝云歌喉将啭，泪满衣襟。子瞻诘其故，答曰："奴所不能歌，是'枝上柳绵吹又少，天涯何处无芳草也。'"子瞻大笑曰："是吾正悲秋，而汝又伤春矣。"遂罢。（《林下词谈》）朝云唱这首词虽"泪满衣襟"，但又特别爱唱这首词，"日唱'枝上柳绵'二句，为之流泪，病极，犹不释口"（《冷斋夜话》）。朝云在惠州为什么特别爱唱此词而每唱总是"泪满衣襟"呢？这是因为即使苏轼这首词不是作于惠州，也颇能代表他们贬官惠州的心情。苏轼对朝廷一片忠心，却落得远谪岭南的下场，这不正是"多情却被无情恼"吗？而他们当时的境遇也正像被风雨摧残的柳絮——"枝上柳绵吹又少""也无人惜从教坠"。

上海辞书出版社文学鉴赏辞典编纂中心《唐宋词鉴赏辞典》：在词史上，苏轼是豪放派的代表作家。他的词横放杰出，清旷雄奇，"歌之曲终，觉天风海雨逼人"（陆游《跋东坡七夕词后》）。然而这样的作品不多，就数量而言，大都比较婉约。所以南宋王灼在《碧鸡漫志》中说："东坡先生以文章余事作诗，溢而作词曲，高处出神入天，平处尚临镜笑春。"这两种风格似乎都融合在这首词中，它清婉雅丽，深笃超迈，具有一种扣人心弦的艺术魅力。

水龙吟·次韵章质夫杨花词

似花还似非花，也无人惜从教坠。抛家傍路，思量却是，无情有思。萦损柔肠，困酣娇眼，欲开还闭。梦随风万里，寻郎去处，又还被、莺呼起。

不恨此花飞尽，恨西园，落红难缀。晓来雨过，遗踪何在？一池萍碎。春色三分，二分尘土，一分流水。细看来，不是杨花，点点是离人泪。

译文

杨花像是花，又不像是花，无人怜惜它，只能任它随风飘落。它离开了枝条，飘落在路旁，看似无情，却实则满含愁思。那柔软的柳枝，就像思妇心中千回百转的柔肠，而那嫩绿的柳叶，则像是困顿朦胧的美人之眼，想要睁开，却又因春困而紧紧闭上。它如同思妇在梦中随风行走万里，寻找远方的丈夫，却又被黄莺的啼声无情地唤醒。

我并不怨恨杨花的飘落，只是感慨西园中的满地落红，难以再重新连接成繁花似锦的春日景象。早晨的一场风雨过后，我又该去哪里寻找那落红的踪迹呢？它们早已化作一池细碎的浮萍，漂浮在池面之上。若将春日的姿容分为三份，那么其中的两份已经化作了尘土，另一份则随流水飘走，了无踪影。细细看来，那飘落的并不是杨花，而是离人眼中滴落的伤心泪水。

鉴赏

这首词借咏杨花抒发了词人贬谪黄州的凄楚情怀，同时表达了词人对美好时光的留恋和对离别的哀愁。

词人以杨花为媒介，通过对其形态和特性的描绘，巧妙地传达了情感。杨花似花非花，色淡无香，形态细小，常常被人忽视。然而，苏轼却从中看到了它的独特之处，将其比作离人的眼泪，既表达了对离别的痛苦和无奈，又暗示了人生的短暂和无常。这种以物寓情、以景抒情的手法，使得整首词充满了深沉的情感和韵味。

此外，苏轼在词中展现了他对人生的深刻思考。他通过杨花的飘落，联想到人生的离别和时光的流逝，表达了对人生无常和时光易逝的感慨。词中的"不恨此花飞尽，恨西园，落红难缀"，既是对杨花飘落的惋惜，也是对人生离别和时光流逝的无奈。这种情感的抒发，使得整首词充满了哲理和深意。

名家集注

宋·沈义父《乐府指迷》：近世作词者，不晓音律，乃故为豪放不羁之语，遂借东坡、稼轩诸贤自诿。诸贤之词，固豪放矣，不放处，未尝不叶律也，如东坡之《哨遍》、杨花《水龙吟》，稼轩之《摸鱼儿》之类，则知诸贤非不能也。

宋·曾季狸《艇斋诗话》：东坡《和章质夫杨花词》云"思量却

是，无情有思"，用老杜"落絮游丝亦有情"也。"梦随风万里，寻郎去处，依前被，莺呼起"，即唐人诗云："打起黄莺儿，莫教枝上啼。几回惊妾梦，不得到辽西。""细看来，不是杨花，点点是离人泪"，即唐人诗云："时人有酒送张八，惟我无酒送张八。君看陌上梅花红，尽是离人眼中血。"皆夺胎换骨手。

宋·姚宽《西溪丛语》：杨柳二种，杨树叶短，柳树叶长，花初发时，黄蕊，子为飞絮，今絮中有小青子，著水泥沙滩上即生小青芽，乃柳之苗也。东坡谓絮化为浮萍，误矣。

明·李攀龙《草堂诗余隽》：如虢国夫人不施粉黛，而一段天姿，自是倾城。

俞陛云《唐五代两宋词选释》：起二句已吸取杨花之全神。"无情有思"句以下，人与花合写，情味悠然。转头处别开一境。"西园落红"句隐输人亡邦瘁，怒（nì）然忧国之思。"遗踪萍碎"句仍归到本题。"春色"三句万紫千红，同归尘劫，不仅为杨花惜也。结句怨悱之怀，力透纸背，既伤离索，兼有迁谪之感。质夫原唱，亦清丽可诵。晁叔用云："东坡如毛嫱、施之天姿，天下妇人莫及，质夫岂可比耶！"

周邦彦

周邦彦（1056—1121），北宋末期的杰出词人，字美成，号清真居士，原籍钱塘（今浙江省杭州市）。他精通音律，擅长创作新词调，作品多写闺情、羁旅，也有咏物之作，格律严谨，语言曲丽精雅，尤其擅长铺叙。

他的作品在婉约词人中影响甚大，被尊为"正宗"，旧时词论甚至称他为"词家之冠"。有《清真集》传世，展现了其深厚的艺术造诣和独特的个性魅力。周邦彦的一生虽历经坎坷，但其词作却流传千古，成为后人传颂的经典。

兰陵王·柳

柳阴直，烟里丝丝弄碧。隋堤上、曾见几番，拂水飘绵送行色。登临望故国，谁识京华倦客？长亭路，年去岁来，应折柔条过千尺。

闲寻旧踪迹，又酒趁哀弦，灯照离席。梨花榆火催寒食。愁一箭风快，半篙波暖，回头迢递便数驿，望人在天北。

凄恻，恨堆积！渐别浦萦回，津堠岑寂，斜阳冉冉春无极。念月榭携手，露桥闻笛。沉思前事，似梦里，泪暗滴。

译文

正午时分，阳光直射，柳树的阴影不偏不倚地铺在地上。在迷蒙的雾气中，柳枝随风轻轻摇曳，宛如婀娜多姿的舞者。古老的隋堤之上，我曾无数次目睹柳絮纷飞，如同在送别那匆匆离去的行人。登高临远，眺望那遥远的故乡，谁又能认识我这个旅居京城的倦游之人？在这十里长亭的路上，年复一年，我亲手折下的柳条已有上千枝。闲暇之余，我来到郊外，本想寻找昔日的足迹，却不料又遇上了为朋友饯行的宴席。华灯初上，照耀着离别的宴席。驿站旁的梨花已经盛开，提醒我寒食节即将来临，人们将点燃榆柳的薪火。我满怀愁绪地看着船只像离弦的箭一般迅速离去，艄公的竹篙频频插入温暖的水波中，推动着船只前行。当船上的客人回头望去，驿站已经远远地被抛在了身后，送别之人已远在天边。

我心中充满了孤寂，仿佛背负着千万重的愁恨。送别的河岸曲折迂回，渡口的土堡静寂无声。随着春色的日渐浓郁，斜阳挂在半空中，我不禁回想起那次与你携手共游水榭的时光，那时月光皎洁，我们在露珠盈盈的桥头听人吹笛至曲终。然而如今，那些美好的回忆如同大梦一场，我的泪水不禁暗自滴落。

鉴赏

这首词以柳开篇，通过对柳树的细腻描绘，营造了一种凄美而深情的氛围。柳树的阴影、柳丝、柳絮和柳条等元素，在词人的笔下被赋予了丰富的情感色彩。词人巧妙地运用拟人手法，将柳树描绘得栩栩如生，仿佛在诉说着自己的故事。

其次，这首词的情感表达非常深刻。词人在词中表达了对离别的深深忧虑和无尽的思念。通过对离别场景的描绘，词人成功地勾勒出了一幅幅感人至深的画面。同时，词人通过对自己的内心世界的深入挖掘，展现了一种深沉而复杂的情感。

此外，这首词的语言运用也十分出色。词人运用了大量的修辞手法，如拟人、对比等，使得词作更加生动、形象。同时，词人注重音韵的和谐与节奏的把握，使得整首词读起来朗朗上口，

周邦彦

富有音乐感。

这首词的主题深刻而广泛。它不仅是一首简单的送别词，还是一首表达人生感慨和离愁别绪的佳作。词人在词中表达了对人生的无奈和感慨，同时表达了对美好时光的留恋和追忆。

名家集注

宋·毛开《樵隐笔录》：绍兴初，都下盛行周清真《兰陵王慢》，西楼南瓦皆歌之，谓之"渭城三叠"。以周词凡三换头，至末段声尤激越，唯教坊老笛师能倚之以节歌者。

明·沈际飞《草堂诗余正集》：闲寻旧迹以下，不沾题而宣写别怀，无抑塞。

清·谭献《谭评词辨》：已是磨杵成针手段，用笔欲落不落，"愁一箭风快"等句之喷醒，非玉田所知。"斜阳冉冉春无极"七字，微吟千百遍，当入三昧，出三昧。

玉楼春（桃溪不作从容住）

桃溪不作从容住，秋藕绝来无续处。当时相候赤栏桥，今日独寻黄叶路。

烟中列岫青无数，雁背夕阳红欲暮。人如风后入江云，情似雨余粘地絮。

译文

桃花溪啊，你为何不留住那匆匆的流水？秋日的莲藕，一旦断裂便再难续接。那时我们在朱漆栏杆的小桥边相约等候，如今却只剩下我一人，独自在黄叶满地的路上徘徊寻觅。

烟雾中，群山青翠连绵，无数峰峦叠嶂。夕阳的余晖映照着雁群，它们正飞向远方，天色也将暮。我就像那风后飘入江中的云彩，聚散无常，难以捉摸；我的情感则如同雨后粘在地上的柳絮，缠绵悱恻，难以割舍。

鉴赏

本词通过深情细腻的笔触，表达了词人对于离别的深深痛苦与无奈，以及对于逝去时光的无限怀念。这首词不仅艺术价值极高，还以其深情厚意触动了无数读者的心灵。

开篇以"桃溪不作从容住"起笔，暗示了一段逝去的情缘，仿佛是在叹息美好的时光如同流水一般无法挽留。桃溪，不仅是一处地点的描绘，更带有一种美好的象征意味，象征着曾经的美好时光与深情厚意。然而，这样的美好却如同流水一般，无法从容地留住，这种无奈与失落，无疑给全词奠定了一种悲凉的基调。

接下来，"秋藕绝来无续处"一句，则进一步强调了离别的决绝与无法挽回。秋藕的断裂，象征着情缘的断绝，这种断裂是无法修复的，就像离别的痛苦与遗憾，一旦产生，便难以消除。这种形象的比喻，使得词中的情感更加生动而深刻。

"当时相候赤栏桥，今日独寻黄叶路"两句，通过鲜明的对比，展现了词人内心的巨大落差。曾经，词人与心爱之人在朱漆栏杆的桥边相约等候，那时的场景温馨而美好。然而，如今词人却只能独自一人在黄叶满地的路上徘徊寻觅，这种物是人非的对比，无疑加深了词中的悲凉氛围。

在词的下片，"烟中列岫青无数，雁背夕阳红欲暮"两句，

周邦彦

词人通过描绘自然景色，进一步烘托出内心的孤独与凄凉。烟雾中的群山青翠连绵，夕阳下的雁群飞向远方，这样的景色虽然美丽，但却带有一种凄凉与落寞的意味。词人将自己的情感与这些自然景色相融合，使得词中的情感更加深沉而动人。

最后，"人如风后入江云，情似雨余粘地絮"两句，是整首词的点睛之笔。词人将自己的情感比作风后的江云和雨后的粘地絮，形象生动地表达了情感的飘渺与难以割舍。这种比喻不仅贴切地描绘了词人内心的痛苦与无奈，更使得整首词的情感表达达到了高潮。

词人通过细腻的笔触和生动的比喻，将离别的痛苦、对逝去时光的怀念以及对未来的无奈与迷茫表达得淋漓尽致。同时，词中蕴含了词人对于人生的深刻思考和感悟，使得这首词不仅具有高度的艺术价值，更具有一定的哲学意味。

名家集注

清·陈廷焯《白雨斋词话》：美成周邦彦词，有似拙实工者。如《玉楼春》"桃溪不作从容住"结句云："人如风后入江云，情似雨余粘地絮。"上言人不能留，下言情不能已。呆作两譬，别饶姿态，都不病其板，不病其纤，此中消息难言。

清·周济《宋四家词选》：只赋天台事，态浓意远。

清·陈洵《海绡说词》：上阕大意已足，下阕加以渲染，愈见精彩。

俞平伯《清真词释》：忆昔年得读《清真词》及此阕，有初见眼明之乐。后读之乍熟，渐省其通体记叙，以偶句立干，以规矩立极，辞固致佳，惟于空灵窅眇，荡气回肠，似尚有所歉。顷徐而思之，始叹其尽工巧于矩度，敛飞动于排偶，吾初见之未谬而评量之难也。

满庭芳·夏日溧水无想山作

风老莺雏，雨肥梅子，午阴嘉树清圆。地卑山近，衣润费炉烟。人静乌鸢自乐，小桥外、新绿溅溅。凭阑久，黄芦苦竹，疑泛九江船。

年年，如社燕，飘流瀚海，来寄修椽。且莫思身外，长近尊前。憔悴江南倦客，不堪听、急管繁弦。歌筵畔，先安簟枕，容我醉时眠。

译文

微风轻拂，小莺雏已经长成，细雨滋润，梅子渐渐肥硕。正午时分，阳光斜照，树影斑驳，清丽而圆润。这里地势低洼，靠近山峦，衣服总是带着湿润，炉烟也费了不少。四周一片宁静，乌鸦和鸢鸟自在欢乐，小桥外，新涨的绿水潺潺流淌。我凭栏久立，眼前的黄芦和苦竹，让我想起了九江边上的船只，仿佛要乘舟漫游。

年年岁岁，我就像那春天的燕子，漂泊瀚海，寄居在长长的屋檐下。暂且不去想那身外之事，还是长醉在酒杯之前吧。我这疲倦的江南游子，已无法忍受那急促的管弦之声。在歌宴上，我先安放好竹席枕垫，容我喝醉后便好安眠。

鉴赏

全词写景状物，围绕词人游山时的所见所感而展开，描绘了一幅优美动人的夏日山水画。从词句构造上看，这首词工丽精巧，对仗工整，用字精准，如"风老莺雏，雨肥梅子，午阴嘉树清圆"三句，便以生动的描绘，细腻地刻画了初夏时节的景色。其中"老""肥"二字，更是以形容词作动词用，形象地描绘了莺雏在风中成长，梅子在雨中肥硕的情景，给人以强烈的视觉和感官冲击。

词中所描绘的景象，既有宏观的视野，又有微观的细腻，如"地卑山近，衣润费炉烟"两句，既写出了溧水地势低洼、接近山地的特殊环境，又通过"衣润费炉烟"的描绘，细腻地表现了梅雨季节衣物潮湿的情景。这种宏观与微观的结合，使得词中的景象既宏大又具体，给人以强烈的现场感。

词人在描绘自然景物的同时巧妙地融入了自己的情感，如"人静乌鸢自乐，小桥外、新绿溅溅"两句，通过对乌鸢自乐的描绘，反映出词人内心的宁静与自得其乐。"凭阑久，黄芦苦竹，疑泛九江船"三句，则借白居易泛舟九江的典故，表达了词人面对黄芦苦竹，心生归隐之意的情感。这种情与景的交融，使得这首词在写景的同时富有深厚的情感内涵。

从风格上看，这首词体现了清真词一贯的风格，即哀怨而不激烈，沉郁顿挫中别饶情味。词人在描绘初夏景色时，虽然流露出一些愁苦和寂寞的情感，但整体上并不显得激烈和张扬，而是通过细腻的描绘和深沉的情感表达，使得这首词既具有深沉的艺术魅力，又富有感染力。

名家集注

宋·沈义父《乐府指迷》：词中多有句中韵，人多不晓，不惟读之可听，而歌时最叶韵应拍，不可以为闲字而不押，如《满庭芳》过处"年年如社燕"，"年"字是韵。不可不察也。

明·卓人月《古今词统》："老"字、"肥"字、"费"字，字法俱灵。

明·沈际飞《草堂诗余正集》："衣润费炉烟"，景语也，景在"费"字。

明·潘游龙《古今诗余醉》:"风老"二句,炼。"衣润"句,有景,景在"费"字。美成有《塞翁吟》一首,去此远矣。

清·先著、程洪《词洁》:"黄芦苦竹",此非词家所常设字面,至张玉田《意难忘》词尤特见之,可见当时推许大家者自有在,决非后人以土泥脂粉为词耳。

清·陈廷焯《白雨斋词话》:美成(周邦彦)词有前后若不相蒙者,正是顿挫之妙。如《满庭芳》"夏日溧水无想山"作"风老莺雏",上半阕云:"人静乌鸢自乐,小桥外、新绿溅溅。凭阑久,黄芦苦竹,拟泛九江船。"正拟纵乐矣,下忽接云:"年年,如社燕,飘流瀚海,来寄修椽。且莫思身外,长近樽前。憔悴江南倦客,不堪听、急管繁弦。歌筵畔,先安簟枕,容我醉时眠。"是乌鸢虽乐,社燕自苦,九江之船,卒未尝泛。此中有多少说不出处:或是依人之苦,或有患失之心。但说得虽哀怨却不激烈,沉郁顿挫中别饶蕴藉。后人为词,好作尽头语,令人一览无余,有何趣味?

清·周济《宋四家词选》:("人静"等二句)体物入微,夹入上下文中,似褒似贬,神味最远。

清·黄苏《蓼园词选》:此必其出知顺昌后所作。前三句见春光已去。"地卑"至"九江船",言其地之僻也。"年年"三句,见宦情如逆旅。"且莫思"句至末,写其心之难遣也。末句妙于语言。

清·郑文焯《郑校清真集》:案《清真集》强焕序云:溧水为负山之色,待制周公元祐癸酉为邑长于斯,所治后圃有亭曰"姑射",有堂曰"萧闲",皆取神仙中事,揭而名之。此云无想山,盖亦美成所居名,亦神仙家言也。

蔡义江《宋词三百首全解》:词为周邦彦任溧水县令时所作。写他年年为客,宦情如逆旅的愁闷。但写景抒情都极蕴藉有分寸,并不特意渲染其苦乐。……"憔悴"句是一篇之主,"急管繁弦",徒增烦恼,何如醉眠之能忘忧。"歌筵畔,先安枕簟",亦狂诞之俊语。

苏幕遮（燎沉香）

燎沉香，消溽暑。鸟雀呼晴，侵晓窥檐语。叶上初阳干宿雨，水面清圆，一一风荷举。

故乡遥，何日去？家住吴门，久作长安旅。五月渔郎相忆否？小楫轻舟，梦入芙蓉浦。

译文

细焚沉香，来消除夏天闷热潮湿的暑气。鸟雀鸣叫呼唤着晴天（旧有鸟鸣可占晴之说），拂晓时分我偷偷听它们在屋檐下的言语。荷叶上初出的阳光晒干了昨夜的雨，水面上的荷叶清润圆正，微风吹过，荷花一团团地舞动起来。

想到那遥远的故乡，什么时候才能回去啊？我家本在吴越一带，却长久地客居长安。五月，我故乡的小时候的伙伴是否在想我，划着一叶扁舟，在我的梦中来到了荷花盛开的西湖。

鉴赏

这首词以夏日景色为背景，通过描绘荷花、鸟雀等自然元素，以及词人深深的思乡之情，构建了一幅富有诗意、清新自然的画面。

词的上片主要描绘了一幅清晨雨后的荷塘景色。词人通过细腻的笔触，生动地描绘了沉香袅袅、鸟雀欢鸣、荷叶滴翠、荷花初绽的夏日清晨。其中，"燎沉香，消溽暑"两句，既点明了时令，又巧妙地烘托出词人内心的宁静与舒适。"鸟雀呼晴，侵晓窥檐语"则通过鸟雀的欢叫，进一步渲染出雨过天晴后的喜悦氛围。接下来的"叶上初阳干宿雨，水面清圆，一一风荷举"更是传神地描绘了荷叶上的水珠在阳光下闪烁，荷花在微风中轻轻摇曳的美景，给人以身临其境之感。

下片则转入词人内心的情感世界。词人由眼前的荷花联想到故乡的荷花，进而抒发出浓烈的思乡之情。"故乡遥，何日去"两句直接表达了词人对故乡的思念和渴望归去的愿望。"家住吴门，久作长安旅"则揭示了词人长期客居他乡的无奈与辛酸。最后三句"五月渔郎相忆否？小楫轻舟，梦入芙蓉浦"以虚拟的手法，写词人梦回故乡，与渔郎相聚，共同泛舟于荷花盛开的池塘，进一步深化了思乡之情。

此外，这首词在艺术上也有很多值得称道的地方。词人善于运用比喻、拟人等修辞手法，使得景物描写更加生动传神。其次，词人巧妙地运用虚实结合的手法，将实景与虚景融为一体，使得词境更加开阔深远。细腻的笔触和深沉的情感表达，使得这首词既具有高度的艺术价值，又富有深刻的思想内涵。

名家集注

清·周济《宋四家词选》：（上阕）若有意，若无意，使人神眩。

清·陈廷焯《云韶集》：不必以词胜，而词自胜。风致绝佳，亦见先生胸襟恬淡。

俞陛云《两宋词释》："叶上"三句，笔力清健，极体物浏亮之致。

王国维《人间词话》："叶上初阳干宿雨，水面清圆，一一风荷举"，此真能得荷之神理者，觉白石《念奴娇》《惜红衣》二词，犹有隔雾看花之恨。

蝶恋花·早行

月皎惊乌栖不定，更漏将残，辘轳牵金井。唤起两眸清炯炯，泪花落枕红绵冷。

执手霜风吹鬓影，去意徘徊，别语愁难听。楼上阑干横斗柄，露寒人远鸡相应。

译文

月光皎洁明亮，乌鸦的叫声不停扰动着夜的寂静，更漏将尽，声音渐断，水井上辘轳转动，汲水之声传来。被声音惊醒后，我双眼清澈明亮，却因感伤离别而泪流满面，泪水将枕中的红棉浸得又湿又冷。

我紧握着你的手，不忍分别，秋风吹动着你鬓边的发丝。你的离意彷徨不定，我们之间的离别之语，愁苦得难以入耳。我独自登上高楼，看到北斗星横斜在栏杆旁，天色渐明，露水寒凉，你已远去，只留我独自面对这空旷的早晨，远处鸡鸣声相应和。

鉴赏

这首词以唯美的笔触描绘了清晨离别的情景，通过细腻的情感描绘和生动的场景再现，展现了离别的苦涩和无奈。月光、乌鸦、更漏、辘轳等意象的运用，营造出一种清冷而静谧的氛围，为离别的情感奠定了基调。

上片以室内环境为背景，细腻地描绘了离别前的情景。开篇三句"月皎惊乌栖不定，更漏将残，辘轳牵金井"以皎洁的月光、惊动的乌鸦、将尽的更漏和井边的辘轳声，营造了一种静谧而略带忧伤的氛围。接着，"唤起两眸清炯炯，泪花落枕红绵冷"两句，通过"清炯炯"的双眼和"红绵冷"的枕头，传神地表现了离别者的情态，以及因离别而流的泪水。这两句笔触细腻，神态宛然，将离别者的内心世界展现得淋漓尽致。

下片则着重描写别时和别后的情景。其中，"执手霜风吹鬓影"一句，通过"执手"这一动作和"霜风吹鬓影"这一景象，生动地表现了离别时双方难舍难分的情景。"去意徘徊，别语愁难听"两句，则进一步揭示了离别者内心的矛盾和痛苦。最后，"楼上阑干横斗柄，露寒人远鸡相应"两句，以景结情，通过描绘空旷的高楼、横斜的北斗、寒冷的露水和远处的鸡鸣声，将离别后的孤独和寂寞表现得淋漓尽致。

此外，这首词在艺术手法上也有其独特之处。全词通过画面和声响的结合，将离别者的情感世界展现得淋漓尽致。同时，词人善于运用象征和隐喻等手法，使得词中的意象更加丰富和深刻。例如，"霜风吹鬓影"一句中的"霜风"不仅暗示了离别时的季节和环境，还象征着离别的冷酷和无情。

名家集注

明·王世贞《艺苑卮言》：美成能作景语，不能作情语；能入丽字，不能入雅字，以故价微劣于柳。然至"枕痕一线红生玉"，又"唤起两眸清炯炯，泪花落枕红绵冷"，其形容睡起之妙，真能动人。

明·沈际飞《草堂诗余正集》：末句"鸡相应"，妙在想不到，又晓行时所必到。闽刻谓"鸳鸯冷"三字妙，真不可与谈词。

清·江顺治《词学集成》：张祖望曰："泪花落枕红绵冷"……苦语也。

清·黄苏《蓼园词选》说：按首一阕，言未行前，闻乌惊漏残，辘轳响而惊醒泪落。次阕言别时情况凄楚，玉人远而惟鸡相应，更觉凄婉矣。

夜游宫（叶下斜阳照水）

叶下斜阳照水，卷轻浪、沉沉千里。桥上酸风射眸子。立多时，看黄昏，灯火市。

古屋寒窗低，听几片、井桐飞坠。不恋单衾再三起。有谁知，为萧娘，书一纸。

译文

树叶飘落，斜阳已西下，它那暗淡的光辉投映在柔静的水面，秋风轻拂着江水，泛起微微的波纹，向江流的深处荡漾开去。水边的小桥上寒风刺人眼目。我久久地伫立桥头，默然凝视着黄昏时分华灯初上的闹市。

古屋寒窗底下，只听得几片梧桐枯叶在窗外瑟瑟地飘落。不恋单薄的被子，我再三起床。有谁知道我为萧娘写了封长长的信。

鉴赏

本词以细腻的笔触描绘了一幅黄昏夕阳之下，一位为相思所苦者久久伫立桥头的画面，情感深沉，意境深远。

首句"叶下斜阳照水，卷轻浪、沉沉千里"，以斜阳、江水为背景，为全词奠定了愁思的基调。夕阳的余晖透过树叶的缝隙，斑驳地洒在水面上，江水则轻轻翻卷着细浪，缓缓流向远方。这既是对眼前景色的真实描绘，又象征着词人心中无尽的愁思，如同这流淌不绝的江水。"桥上酸风射眸子"一句，词人笔锋一转，将视线投向桥上，秋风刺骨，让人不禁感到神伤。词人此时已经伫立多时，凝望着黄昏时分的灯火市景，心中的思念之情愈发浓烈。

下片则转而描写词人回到室内后的情景。"古屋寒窗底，听几片、井桐飞坠"，词人独自躺在寒窗下，听着窗外梧桐叶落的声响，心中更觉凄凉。此时，词人已无法入眠，几次三番起身下床，心中的思念之情如潮水般汹涌。

全词以"有谁知，为萧娘，书一纸"作结，揭示了词人思念的对象，也点明了词人写此词的原因。这里的"萧娘"是词人的心上人，词人因思念她而写下这封书信。这样的结尾既点明了主题，又使得全词的情感得到了升华。

在艺术手法上，这首词采用了近乎白描的手法，用简洁明快的语言将相思之情叙写得相当动人。词人通过对景物的细腻描绘和情感的深入挖掘，使得全词充满了诗意和韵味。同时，词人巧妙地运用了时空的推移和景物的变换来增强词的表现力，使得全词层次丰富、情感饱满。

此外，这首词的结构也非常巧妙，采用了"悬念法"来增强词的吸引力。词人先层层加重读者的疑惑，最后才一语道破意蕴，使得全词读来跌宕顿挫、波澜起伏、委婉凄绝。

名家集注

清·陈洵《海绡说词》：桥上则"立多时"，屋内则"再三起"，果何为乎。"萧娘书一纸"，惟己独知耳，眼前风物何有哉。

清·周济《宋四家词选》：此（词）亦是层层加倍写法，本只不恋单衾一句耳，加上前阕，方觉精力弥满。

薛砺若《宋词通论》：这首《夜游宫》，把秋暮晚景，写得明净如画。即中西最高的诗篇，其写景美妙处，亦不能过此。

晏幾道

晏幾道（1038—1110），字叔原，号小山，是北宋时期的著名词人，抚州临川（今属江西省抚州市）人。他出身于显赫的家族，是晏殊的第七个儿子。他从小就生活在一个充满文学氛围的环境中，这也为他日后成为一位杰出的词人打下了坚实的基础。

晏幾道的一生历任多个官职，包括颍昌许田镇监、乾宁军通判、开封府推官等。然而，他性格孤傲，中年时家境中落，仕途也并不顺利。尽管如此，他并未因此沉沦，反而将更多的精力投入到词的创作中。

晏幾道的词风深受其父晏殊的影响，但他在继承中又有所创新，造诣甚至超过其父。他的词工于言情，语言清丽，感情深挚，尤其擅长写小令。他的词作中，情感表达直率，多写爱情生活，是婉约派的重要作家。他的《小山词》留世，被后人广为传诵。

临江仙（梦后楼台高锁）

梦后楼台高锁，酒醒帘幕低垂。去年春恨却来时。落花人独立，微雨燕双飞。

记得小蘋初见，两重心字罗衣。琵琶弦上说相思。当时明月在，曾照彩云归。

译文

梦醒时觉得人去楼空，往事历历在目，酒醉醒来只见帘幕低垂。

去年春天离别的愁恨滋生，此时恰恰又涌上心头。花瓣静静地凋零，我孤独地站着，细雨绵绵，燕子双双飞舞。

还记得与小蘋初次相见，她穿着绣有两重心字的罗衣。琵琶弦上弹出乐曲，诉说着相思的情怀。当时月光皎洁，曾照耀着她彩云般的身影归去。

鉴赏

这首词通过唯美的描绘，将词人对于往事的怀念与对恋人的思念表达得淋漓尽致。从梦醒后的孤寂到初见小蘋的美好回忆，再到月光下彩云般的身影归去的情景，每一句都充满了深情与思念。

从艺术手法上看，这首词巧妙地运用了虚实相间的手法，将现实与回忆交织在一起，使得整首词既有现实的凄凉，又有回忆的美好。词中的"梦后""酒醒"二句，以梦境和现实相对照，写出了词人酒醒后面对人去楼空的孤寂与凄凉。"记得小蘋初见"一句，则将读者带入到词人与恋人初见的美好回忆中，使得整首词的情感更加丰富和立体。

其次，这首词在情感表达上也十分出色。词人通过细腻的描绘和深情的抒发，将对于恋人的思念和对于往事的怀念表达得淋漓尽致。无论是"落花人独立，微雨燕双飞"的孤独与凄凉，还是"琵琶弦上说相思"的深情与思念，都让人感受到词人内心深处的痛苦与挣扎。

此外，这首词的语言也十分优美，音律谐婉，表现了词人娴熟的艺术技巧。词人通过运用各种修辞手法和意象，使得整首词既有诗歌的韵律美，又有散文的意境美，给人以极大的审美享受。

晏幾道

名家集注

宋·杨万里《诚斋集》卷一百十四《诗话》：近世词人，闲情之靡，如伯有所赋，赵武所不得闻者，有过之无不及焉。是得为好色而不淫乎？惟晏叔原云："落花人独立，微雨燕双飞"，可谓好色而不淫矣。

明·卓人月《古今词统》：（"落花"二句）晚唐丽句。

清·陈廷焯《白雨斋词话》：小山词，如"去年春恨却来时。落花人独立，微雨燕双飞"。……"当时明月在，曾照彩云归"。既闲婉，又沉着，当时更无敌手。

清·陈廷焯《词则》："落花"十字，自是天生好言语。（"琵琶"二句）回首可怜。

蝶恋花（梦入江南烟水路）

梦入江南烟水路，行尽江南，不与离人遇。睡里消魂无说处，觉来惆怅消魂误。

欲尽此情书尺素，浮雁沉鱼，终了无凭据。却倚缓弦歌别绪，断肠移破秦筝柱。

译文

梦中我走进了那烟雨迷蒙的江南水乡，踏遍江南大地，却始终未能与离别的心上人相遇。那梦境里的离愁别绪无处诉说，梦醒后更觉惆怅，这离魂惘然之情将我深深伤害。

我想要写一封书信，向你诉说这满腔的相思之情，可是大雁已飞往高空，鱼儿也沉入了水底，这书信终究是无法寄出。我缓缓弹起筝来，想要借此抒发心中的离情别绪，可是移遍筝柱，也难以将心中的怨情抒发得淋漓尽致。

鉴赏

这首词以唯美的笔触描绘了词人梦中的江南水乡，那烟雨迷蒙的景色如同词人内心的离愁别绪，朦胧而深沉。词中通过梦境与现实的交织，展现了词人深深的思念与无奈。

词一开篇即写道"梦入江南烟水路，行尽江南，不与离人遇"，以虚写实，写梦中漫游江南，烟水迷离中却寻不见曾深爱过的那位女子的怅惘之情。词人借梦写情，语意含蓄，情致深婉。这种失落和惆怅的情感，通过梦境的描绘得以深化和升华。

接下来，"睡里消魂无说处，觉来惆怅消魂误"两句，进一步揭示了词人内心的痛苦与惆怅。即使在梦中，词人也无法找到心爱的人倾诉心声，醒来后更是惆怅不已，误了好时机。这种情感的表达，既含蓄又深刻，让人感受到了词人内心的挣扎与无奈。

下片词人试图通过书信来表达自己的情感，但"浮雁沉鱼，终了无凭据"一句，揭示了书信难以寄达的无奈。词人想诉说相思却苦无凭据，万般愁苦无处可诉，深沉地表达了作者的相思之情与惆怅之感。这种情感的表达，既真实又动人，让人感受到了词人对于爱情的执着与坚定。

最后两句"却倚缓弦歌别绪，断肠移破秦筝柱"，词人通过弹奏秦筝来抒发内心的离愁别绪，弦音断肠，情感深沉而动人。这一画面将词人的情感推向了高潮，让人感受到了词人内心的痛苦与挣扎。

整首词语言优美、意境深远，通过梦境与现实的交织，展现了词人深深的思念与无奈。同时，词人巧妙地运用各种意象，使得整首词既有诗歌的韵律美，又有散文的意境美。

名家集注

唐圭璋《唐宋词简释》：此首一起从梦写人，语即精练。盖人去江南，相思不已，故不觉梦入江南也。但行尽江南，终不遇人，梦劳魂伤矣，此一顿挫处。既不遇人，故无说处，而一梦觉来，依然惆怅，此又一顿挫处。下片因觉来惆怅，遂欲详书尺素，以尽平日相思之情与梦中寻访之情。但鱼雁无凭，尺素难达，此亦一顿挫处。寄书既无凭，故惟有倚弦以寄恨，但恨深弦急，竟将筝柱移破。写来层层深入，节节顿挫，既清利，又沉着。

夏承焘《宋词鉴赏辞典》：这首词语言清疏明畅，但写情从做梦到寄信，到弹筝，节节递进，节节顿挫，又显得沉挚有力。冯煦《宋六十一家词选·例言》说作者和秦观，都是"古之伤心人"，所以写出来的词，是"淡语皆有味，浅语皆有致"。这首词真可说是"浅语有致"的。晏殊、晏几道父子的词风，有相同处，也有不同处，周济《介存斋论词杂著》说"小晏精力尤胜"。所谓"精力"之胜，不是才力、笔力超过其父，而是他写词时更敢于纵情抒写，政治上、生活上又比其父有更多的"伤心"之事，所以写出来更有一股郁积、盘旋的力量。

张草纫《二晏词笺注》：宋神宗元丰元年（1078），叔原五兄知止为吴郡太守。叔原曾往江南依随其兄，当时或亦有听歌之娱（《玉楼春》词"吴姬十五语如弦，能唱当时楼下水"）。此词写回京后思念当年江南的歌女，欲通书信问候却杳无音讯，因此只能凭借秦筝来倾诉痛苦的离情。

少年游（离多最是）

离多最是，东西流水，终解两相逢。浅情终似，行云无定，犹到梦魂中。

可怜人意，薄于云水，佳会更难重。细想从来，断肠多处，不与这番同。

离别就像那流水，分流东西，但最终还能再度相逢。然而，人的情感有时却比那行踪无定的白云还要浅薄，尽管如此，我们仍能在梦中相逢。

可惜的是，人心的情意比行云流水还要浅薄而无定性，美好的聚会难以再来。细细回想从前的种种，虽然多次令人断肠，但都与这次截然不同，这次的离别让我更感痛切。

这首词通过描绘流水、白云等自然景象，表达了词人对于离别与重逢的深沉感慨。词人巧妙地将自然景象与人的情感相结合，展现了人性的复杂与善变。通过对比"人意"与"云水"，词人深刻揭示了人心的浅薄与不定，使得整首词充满了哲理与深意。

起句"离多最是，东西流水"，以流水喻诀别，其语本于传为卓文君被弃所作的《白头吟》："躞蹀御沟上，沟水东西流。"接下来两句却略反其意，说水分东西，终会再流到一处，即流水不足喻两情的诀别。于是词人再设一喻："浅情终似，行云无定"。用行云无定喻对方一去杳无信息，似更妥帖。"犹到梦魂中"暗用楚王与神女的典故，仍可在梦中相会。短短六句，语意翻覆。不及写到"可怜人意",已有柔肠百折之感了。

下片从"人意"展开，直陈久别的怨恨和难耐的相思，倍见深情。"细想从来，断肠多处，不与这番同"一句中的"细想"二字，是抒情主人公直接露面；"从来"指一生漫长岁月中；"断肠多处"，经历过多次的生离死别；仔细回想，过去最为伤心的时候，也不能与今番相比。此三句是主人公内心世界直截了当的表露和宣泄，感情极为深沉、厚重，读来荡气回肠，一唱三叹。

名家集注

明·卓人月《古今词统》：前段两比，后段赋之。

上海辞书出版社文学鉴赏辞典编纂中心《唐宋词鉴赏辞典》：《少年游》是重头词，它不仅上下片格式全同，有一体（例如此词）每片也由相同的两小节（以韵为单位）构成。作者利用调式的这一特点，上片作两层比起，云、水意相对，四四五的句法相重，递进之中，有回环往复之致。而下片又更作一气贯注，急转直下，故绝不板滞。恰如近人夏敬观所评："上分述而又总之，作法变幻。"

阮郎归（天边金掌露成霜）

天边金掌露成霜，云随雁字长。绿杯红袖趁重阳，人情似故乡。

兰佩紫，菊簪黄，殷勤理旧狂。欲将沉醉换悲凉，清歌莫断肠。

汴京已入深秋，露水已凝结成一层薄薄的秋霜。浮云随着鸿雁南飞显得分外悠长。在这重阳佳节，我举起了绿玉杯，与佳人共饮美酒，一同欣赏歌舞。这份温馨与欢乐，仿佛让我回到了遥远的故乡。

我佩戴着紫色的兰花，头上插着金黄的菊花，努力找回昔日那种放浪形骸的豪情。我想用一场大醉来忘却心底的悲凉，所以请你不要再唱那些令人断肠的悲歌了。

鉴赏

这首词以唯美的笔触描绘了秋日的景象，以及词人在重阳佳节与佳人共饮的情景，通过细腻的情感描绘和深沉的人生感慨，展现了词人内心的复杂情感和对生活的独特理解。整首词意境深远，情感真挚，令人陶醉。

首二句写景，渲染了一种秋空夜静、冷落凄清的气氛，为全词奠定了悲凉的基调。汉武帝曾在建章宫筑神明台，上铸铜仙人舒掌捧铜盘玉露，以求仙露下降。此二句化用此典，"露成霜"三字，凄婉动人。时当重阳，正是登高怀远的时节，而词人却独在异乡，念及故乡的人情之美，一种飘零的孤寂感与浓浓的乡愁油然而生，跃然纸上。

"绿杯红袖趁重阳"句，点明词人在重阳佳节，与佳人举杯痛饮，借酒浇愁。然而，乡愁如酒，越饮越浓，怎么能解得开呢？"人情似故乡"一句，将词人对故乡的思念推向高潮。词人在此处巧妙地将重阳友情与乡愁结合起来，既表达了对友情的珍惜，又深化了对故乡的思念。

下片进一步抒发感慨，写词人想借酒消愁，却反而勾起了更为深沉的忧思。"兰佩紫，菊簪黄"两句，词人借用重阳节佩茱萸、簪菊花的习俗，写出人物的盛服和节日的隆重。"殷勤理旧狂"一句，写词人想重温过去那种狂放不羁的生活，然而却需要"殷勤"去"理"，其中蕴含的深沉的悲哀和无奈，令人感慨。

最后两句"欲将沉醉换悲凉，清歌莫断肠"，词人想以沉醉来换取内心的平静，用清歌来驱散断肠的悲凉。然而，这种努力却显得那么无力和苍白，词人内心的痛苦和无奈仍然无法消解。这两句词，以深沉的情感和生动的意象，将词人内心的矛盾与挣扎展现得淋漓尽致。

全词写景生情，写情波折，步步深化，由空灵而入厚重，整首词的意境是悲凉凄冷的。音节从和婉到悠扬，适应感情的变化。

名家集注

清·况周颐《蕙风词话》："绿杯"二句意已厚矣。"殷勤理旧狂"，五字三层意。"狂"者，所谓一肚皮不合时宜，发见于外者也。狂已旧矣，而理之，而殷勤理之，其狂若有甚不得已者。"欲将沉醉换悲凉"是上句注脚，"清歌莫断肠"仍含不尽之意。此词沉着厚重，得此结句，便觉竟体空灵。小晏神仙中人，重以名父之贻，贤师友相与沆瀣，其独造处，岂凡夫肉眼所能见及。

陈匪石《宋词举》：此在《小山词》中，为最凝重深厚之作，与其他艳词不同。

鹧鸪天（彩袖殷勤捧玉钟）

彩袖殷勤捧玉钟，当年拼却醉颜红。舞低杨柳楼心月，歌尽桃花扇底风。

从别后，忆相逢，几回魂梦与君同。今宵剩把银钉照，犹恐相逢是梦中。

译文

当年你殷勤地捧出玉杯，劝我痛饮，一醉方休。记得那时红颜尽欢，忘情畅饮。我们在杨柳环绕的高楼中，你随着歌舞的节奏翩翩起舞，明月渐渐西沉。桃花扇底飘飞的歌声，仿佛还在耳边回响。

自从那次离别后，我总是期盼相逢。多少次在梦中与你相见，仿佛又回到了那个欢乐的时刻。今夜，我再次点亮银灯，照亮你的容颜，却仍然担心这只是一个梦境，害怕醒来后一切又化为乌有。

鉴赏

这首词通过描绘词人与心爱之人重逢的场景，将内心的喜悦与担忧表现得淋漓尽致。词人用细腻的笔触，将当年的欢乐与现在的思念交织在一起，形成了一幅唯美的画面。整首词意境深远，情感真挚，让人读后感受到词人对于爱情的执着与追求。

首句"彩袖殷勤捧玉钟"，词人以细腻的笔触描绘了女子当年劝酒时的情景。彩袖，暗示了女子的身份和风采，而"殷勤"二字则生动地展现了女子当时的热情和关心。玉钟作为古代酒器，更增添了一种高贵和典雅的氛围。这句词不仅写出了女子劝酒的情景，更通过细节描写展现了女子温柔、善良的性格特点。

接下来的"当年拼却醉颜红"，词人回忆起当年与女子共饮的情景，不惜一醉方休，表现出词人当年的豪情和对女子的深深眷恋。"舞低杨柳楼心月，歌尽桃花扇底风"两句，则以生动的画面描绘了当年欢聚的盛况。杨柳依依，月光如水，歌舞翩翩，扇影摇曳，这一切构成了一幅美丽的画卷，让人陶醉其中。

下片以"从别后，忆相逢"为转折，词人开始回忆分别后的相思之苦。多少次在梦中与女子相见，却又在梦醒时分感到无尽的失落和惆怅。这种深深的相思之情，通过"几回魂梦与君同"一句得到了充分表达。

最后两句"今宵剩把银钉照，犹恐相逢是梦中"，词人以细腻的笔触描绘了与女子重逢的情景。银钉作为古代照明工具，象征着光明和希望。词人在重逢之时，仍然不敢相信这是真的，害怕这一切只是梦境。这种患得患失的心态，正是词人内心深处对女子深深眷恋的真实写照。

整首词以时间为序，通过词人深情的回忆和细腻的描绘，将过去与现在、梦境与现实交织在一起，形成了一种独特的艺术效果。

名家集注

宋·胡仔《苕溪渔隐丛话》：《雪浪斋日记》云：晏叔原工小词，如"舞低杨柳楼心月，歌尽桃花扇底风"，不愧六朝宫掖体。

宋·魏庆之《诗人玉屑》卷十引《王直芳诗话》：存中云，山谷称晏叔原"舞低杨柳楼心月，歌尽桃花扇底风"，定非穷儿家语。

宋·俞琰《书斋夜话》：杜少陵诗云，"夜阑更秉烛，相对如梦寐"。晏小山之词乃云："今宵剩把银钉照，犹恐相逢是梦中。"谈者但称晏词之美，不知其出于杜诗也。

清·陈廷焯《白雨斋词话》：（"从别后"五句）曲折深婉，自有艳词，更不得不让伊独步。视永叔之"笑问双鸳鸯字怎生书""倚阑无绪更兜鞋"等句，雅俗判然矣。

御街行（街南绿树春饶絮）

街南绿树春饶絮，雪满游春路。树头花艳杂娇云，树底人家朱户。北楼闲上，疏帘高卷，直见街南树。

阑干倚尽犹慵去，几度黄昏雨。晚春盘马踏青苔，曾傍绿阴深驻。落花犹在，香屏空掩，人面知何处？

译文

街南的绿树郁郁葱葱，在浓浓的春意中柳絮纷飞，如同雪花般飘洒，铺满了游人如织的道路。那些高高的树梢上，艳丽的花朵与彩云交织在一起。树下是那些朱红色的门户。我闲来无事，登上北边的小楼，疏散的珠帘高高卷起。一眼望去，只见城南的绿树掩映下，是我心中那女子的居所。

我倚着栏杆，久久不愿离去，经历了多少次的黄昏，细雨绵绵。我清晰地记得，暮春时节，她曾骑着马儿在青苔满布的小径上徘徊。她曾在绿荫深处静静地驻足。那些昔日飘落的桃花如今依旧在，但那华美的屏风后却已空无一人。我心中的她，如今究竟在何处呢？

鉴赏

这首词以街南的绿树和春日的柳絮为起笔，通过细腻的描绘和深情的回忆，将词人对心爱女子的思念之情表达得淋漓尽致。词人巧妙地运用景物描写和内心独白，营造出一种既唯美又凄凉的氛围，使人仿佛置身于那个暮春的午后，与词人一同感受那份深深的相思之苦。

词的上片主要写景，以街南的绿树和春日的柳絮为开篇，勾勒出一幅生机勃勃的春日画卷。词人通过"雪满游春路"的比喻，形象地描绘了柳絮纷飞的景象，使得整个画面更加生动鲜明。接着，词人将笔触转向树头和树下，通过"树头花艳杂娇云，树底人家朱户"的描写，将自然景色与人间春色巧妙地融合在一起，展现出一种和谐美好的氛围。最后，词人以"北楼闲上，疏帘高卷，直见街南树"的情景收束上片，使得整个画面更加开阔，情感也更加深邃。

下片则主要写情，通过回忆往事来表达词人的内心感受。词人倚遍栏杆、黄昏细雨、盘马踏青苔，这些细节描写都透露出词人对往昔美好时光的怀念和留恋。"落花犹在，香屏空掩，人面知何处？"则更是将词人的思念之情推向了高潮。这里的"人面知何处"，既是对往昔美好时光的追忆，也是对离人深深的思念。整首词的情感表达含蓄而深沉，令人回味无穷。

此外，这首词在谋篇布局上也下了一番功夫。词人巧妙地运用回忆和现实交织的手法，将上片写景与下片写情有机地结合在一起，使得整首词的结构紧凑而富有层次感。同时，词人通过细腻的描绘和生动的比喻，使得整首词的语言优美动人，具有很强的艺术感染力。

名家集注

张草纫《晏殊词集·晏幾道词集》：雪：喻柳絮。娇云：亦喻柳絮。

晏幾道《小山词》：柳絮如雪花般飞满了春天，傍晚的光线染黄了稀疏的雨声。花瓣依然在春末飘落，却不知故人身在何处。

李文《小山词》：此篇以三幅不同的景象，将词人对佳人的眷恋之情缓缓道出。词人没有直言相思、孤寂、幽怨，只用清新的词汇叙述着他记忆中的点点滴滴，感情含蓄而浓烈。

秦观

秦观（1049—1100），字少游，又字太虚，号淮海居士，别号邗沟居士，世称淮海先生。他出生于高邮（今江苏省高邮市），是北宋时期著名的文学家、诗人。

他才华横溢，官至太学博士、国史院编修官。秦观一生坎坷，其诗词作品高古沉重，寄托身世，感人至深。他尤工词，为北宋婉约派重要作家，所写诗词多柔情，遣词精密，善于刻画，淡雅清丽，柔婉蕴藉，情韵并胜。他的文学成就灿然可观，对后世产生了深远的影响。

鹊桥仙（纤云弄巧）

纤云弄巧，飞星传恨，银汉迢迢暗度。金风玉露一相逢，便胜却人间无数。

柔情似水，佳期如梦，忍顾鹊桥归路。两情若是久长时，又岂在朝朝暮暮？

译文

轻盈的云彩变幻出许多巧妙的图案，流星在空中传递着相思的忧愁与怨恨，而牛郎和织女在这无尽的银河两岸遥遥相对。当秋风白露的七夕佳节来临，他们得以相会，那片刻的欢愉便胜过了人间无数的寻常日子。

他们的柔情似水般绵延不绝，重逢的约会如梦影般缥缈迷离，而当离别之时，却又不忍去看那鹊桥路。如果他们的爱情能够长久，又何必在乎是否能朝朝暮暮相守在一起呢？

鉴赏

　　《鹊桥仙》（纤云弄巧）是宋代词人秦观的代表作之一，这首词以牛郎织女的民间传说为主题，以细腻的笔触描绘七夕夜晚的星空与人间情感，展现了对纯真爱情的赞美与追求。同时，通过对自然景象的描绘与人物情感的抒发，读者能够深刻感受到爱情的珍贵与不易。

　　词中"纤云弄巧，飞星传恨"，以细腻的笔触勾勒出七夕夜晚的浪漫氛围。纤薄的云彩在天空中变化多端，仿佛织女用巧手编织出的美丽图案；而流星划过天际，仿佛在传递着牛郎织女之间的相思之苦。这种以自然景象暗喻人物情感的写法，既富有诗意，又使人深感其情真意切。

　　"银汉迢迢暗度"一句，则生动地描绘了牛郎织女跨越银河相会的情景。银河虽宽，却阻挡不住他们对爱情的执着追求。这种对爱情的坚定信念，无疑是对人间情感的升华与赞美。

　　"金风玉露一相逢，便胜却人间无数"，则以金风、玉露为喻，赞美了牛郎织女爱情的纯洁与高尚。他们的相会虽然短暂，但那份深情却已超越世间无数的平凡情感。

　　下片"柔情似水，佳期如梦，忍顾鹊桥归路"，则进一步抒发了对牛郎织女爱情的感慨。他们的柔情如水般深厚，而相聚的时光又如梦般短暂。在即将分别之际，他们不忍回顾那通往鹊桥的路，因为那意味着又一次的离别。这种对离别的无奈与不舍，使人深感爱情的珍贵与不易。

　　最后，"两情若是久长时，又岂在朝朝暮暮"，则是对爱情真谛的深刻揭示。真正的爱情并不在于朝朝暮暮地相守，而在于心灵的相通与情感的持久。这种对爱情的深刻理解与独到见解，使这首词具有了跨越时空的普世价值。

名家集注

　　明·李攀龙《草堂诗余隽》：相逢胜人间，会心之语。两情不在朝暮，破格之谈。七夕歌以双星会少别多为恨，独少游此词谓"两情若是久长"二句，最能醒人心目。

　　明·卓人月《古今词统》：（末句）数见不鲜，说得极是。

　　明·沈际飞《草堂诗余正集》：（世人咏）七夕，往往以双星会少离多为恨，而此词独谓情长不在朝暮，化臭腐为神奇！

　　清·黄苏《蓼园词选》：七夕歌以双星会少别多为恨，少游此词谓两情若是久长，不在朝朝暮暮，所谓化臭腐为神奇。凡咏古题，须独出心裁，此固一定之论。少游以坐党被谪，思君臣际会之难，因托双星以写意，而慕君之念，婉恻缠绵，令人意远矣。

　　唐圭璋，钟振振《唐宋词鉴赏辞典》：本词采用七月七日之夜牛郎织女相会于天河鹊桥的传说。"七月七日，世谓织女牵牛聚会之日，是夕陈瓜果于庭中以乞巧。"（《荆楚岁时记》）内容切合题意，所描写的虽是天上景象，实际上是词人七夕仰观星空时的所见和所思。……苏轼的中秋词《水调歌头》末两句："但愿人长久，千里共婵娟。"是从月有阴晴圆缺联系到人有悲欢离合，继而又将手足之情扩大而为"月常圆，人长久"的美好祝愿，与之相较，本词虽较一般恋情词高出一筹，但也仅止于男女之爱的范畴，因此就不及苏轼中秋词的博大高远。

　　吴梅《词学通论》：《鹊桥仙》云："两情若是久长时，又岂在朝朝暮暮。"《千秋岁》云："春去也，飞红万点愁如海。"《浣溪沙》云："自在飞花轻似梦，无边丝雨细如愁。"此等句，皆思路沉着，极刻画之工，非如苏词之纵笔直书也。北宋词家以缜密之思，得遒劲之致者，惟方回与少游耳。

秦
观

虞美人（行行信马横塘畔）

　　行行信马横塘畔，烟水秋平岸。绿荷多少夕阳中。知为阿谁凝恨背西风。

　　红妆艇子来何处？荡桨偷相顾。鸳鸯惊起不无愁。柳外一双飞去却回头。

译文

　　我骑着马儿悠闲地在横塘边漫步，眼前的秋水与长天相接，烟波渺渺，平岸如练。夕阳的余晖中，绿荷纷纷，它们仿佛在向西风诉说着谁人的愁恨。

　　忽然，一艘装饰华丽的小船划来，船上的女子荡着桨，偷偷地相互顾盼。她们的到来，惊起了水中的鸳鸯，鸳鸯惊飞时并无多少忧愁，只是在柳外双双飞去，还不时地回头顾盼。

鉴赏

　　这首词以细腻的笔触描绘了横塘畔的秋日景色，以及词人骑马漫步时的所见所感。夕阳、绿荷、秋水、长天、小船和鸳鸯等元素交织在一起，构成了一幅生动而唯美的画面。词中融入了对爱情的隐喻，使得整首词不仅具有自然美的意境，还蕴含着深刻的人文情感。

　　首先，词中的"信马"二字，既表现了词人悠闲自在的心情，又暗示了他对未知前路的期待与好奇。"横塘畔"则是一个充满诗意的地点，烟波浩渺，秋水长天，为整个词作奠定了浪漫而宁静的基调。

　　其次，词人通过对绿荷、夕阳、西风等自然景物的描绘，营造出一种凄美而深情的氛围。绿荷在夕阳中摇曳，似乎在诉说着无尽的哀愁；西风轻轻吹过，更增添了几分萧瑟之感。这些景物不仅与词人的心境相互呼应，也为后文的人物活动做好了铺垫。

再次，红妆女子荡桨偷顾的场景，为整首词增添了生动而鲜活的色彩。她们的到来打破了横塘畔的宁静，也引发了词人的无限遐想。她们的偷顾，或许是对词人的好奇，或许是对爱情的渴望，这一切都成了词人笔下的美妙画面。

最后，鸳鸯惊起、双双飞去的情景，既是对前文情感的延续，也是对整首词主题的升华。鸳鸯是爱情的象征，它们的惊飞与回头，似乎在告诉人们爱情的脆弱与珍贵。词人借此表达了对爱情的深刻理解和感慨。

名家集注

明·沈际飞《草堂诗余正集》：末句谓鸳鸯见红妆而惊起，亦含妒意。

清·陈廷焯《白雨斋词话》："绿荷多少夕阳中，知为阿谁凝恨背西风。"虽写景，亦实写情，是以有味。

清·黄苏《蓼园词选》：首二句信马闲行，见秋水澄澈，映带岸旁，烟波平远，极目无际也。次写所见绿荷，在夕阳之中，不知其为谁而凝恨西风，盖写其景而情亦见矣。换头，忽见红妆艇子，荡桨而来，偷相顾盼，情殊不恶。而鸳鸯之惊起，却似含愁而去，回顾不已。写景而情亦见矣。

虞美人（碧桃天上栽和露）

碧桃天上栽和露，不是凡花数。乱山深处水潆洄，可惜一枝如画为谁开？

轻寒细雨情何限，不道春难管。为君沉醉又何妨，只怕酒醒时候断人肠。

译文

碧桃是在天上以露水栽种，不同于凡间的普通花卉。它生长在乱山的深处，池水在旁边曲折环绕，如此艳丽的花朵，却生长在杳无人迹的地方，即使再美，又有谁来欣赏呢？

在细雨中，这娇美的碧桃更显得含情脉脉，让人无限怜爱。但是，春天是难以管束的。就算我为了这春花美景沉醉一场又何妨？我只怕酒醒以后，面对的是春残花落的情景，那更会让人痛心断肠。

鉴赏

本首词通过描绘碧桃的非凡与孤独，寄寓了词人深沉的人生感慨和情感寄托。

首句"碧桃天上栽和露，不是凡花数"，以碧桃的非凡出身开篇，点明其非俗卉凡花，而是天上仙品，栽以露水，更是增添了几分神秘和高洁。这样的描绘，既是对碧桃的赞美，又寄寓了词人对超凡脱俗境界的向往。

接着，"乱山深处水潆洄，可惜一枝如画为谁开"，笔锋一转，描绘碧桃生于乱山深处的孤独之境。尽管它美得如画，却无人来赏，无人来知，这无疑是对碧桃命运的深深惋惜，也反映了词人自身在乱世中的孤独与无奈。

下片"轻寒细雨情何限，不道春难管"，以环境描写进一步烘托出碧桃的孤寂与无助。轻寒细雨，既是对碧桃所处环境的描绘，也是词人内心情感的投射。"不道春难管"，则是对时光易逝、春事难留的无奈感慨。

最后两句"为君沉醉又何妨，只怕酒醒时候断人肠"，词人似乎想要借酒消愁，为碧桃也为自己沉醉一场。然而，他又怕酒醒之后，面对的是更加残酷的现实，那种断肠之痛，是他无法承受的。这种既想逃避又想面对的矛盾心理，深深体现了词人内心的挣扎与痛苦。

整首词以碧桃为媒介，借物抒情，通过描绘碧桃的非凡与孤独，表达了词人对美好事物的珍视与对人生无常的无奈。同时，词中蕴含了词人对自身命运的深深感慨和对未来的迷惘与忧虑。整首词情感真挚，意境深远，读来令人回味无穷。

名家集注

明·沈际飞《草堂诗余正集》：起笔超逸。碧桃自非凡花，乃栽于天上，又和露而种，其不同凡卉可知。"乱山"句言处非其所，"一枝"句言美非人知，是为可惜。结处情深调苦，想见思路。

清·陈廷焯《白雨斋词话》：少游《虞美人》云，"碧桃天上栽和露，不是凡花数"。虽写景，亦实写情，是以有味。

清·黄苏《蓼园词选》：首二句叙花之非凡，言外有自命不凡之意。"乱山"言其地之荒僻，"一枝"言其形之孤峭，此正自写照也。下阕言虽处幽僻之地，而为春色所恼，虽欲不饮，其如酒何？但恐沉醉之后，一旦酒醒，更见春色之恼人耳。

浣溪沙（漠漠轻寒上小楼）

漠漠轻寒上小楼，晓阴无赖似穷秋。淡烟流水画屏幽。
自在飞花轻似梦，无边丝雨细如愁。宝帘闲挂小银钩。

译文

清晨，薄薄的春寒无声无息地侵入小楼，让人感觉到拂晓的阴云惨淡如同荒凉的暮秋。望向彩色的屏风，上面绘着淡淡的烟雾和流水，意境深远而幽静。

窗外，自在飘飞的落花轻盈得好似虚无缥缈的梦境，而丝丝细雨则如同我内心的忧愁一般连绵不绝。我只能轻轻地把精美的帘幕挂起。

鉴赏

这首词通过描绘一个女子在春季阴天的清晨所感受到的淡淡哀愁，展现了词人对于人生、爱情和自然的深刻感悟。此词以其细腻的笔触、深邃的情感和唯美的意境，赢得了后世无数读者的赞赏。

词的上片起调很轻淡，而于轻淡中带着作者极为纤细敏锐的感受。"漠漠轻寒上小楼"，漠漠轻寒，似雾如烟，以"漠漠"二字形容袭上小楼的轻寒，一下子给春寒萧索的清晨带来寥廓冷落的气氛，与"暝色入高楼，有人楼上愁"意蕴相似，而情调之婉妙幽微过之。不说人愁，但云"漠漠轻寒上小楼"。回味"上"字，那淡淡愁思，不是正随这薄薄春寒无声无息地在人的心头轻轻漾起吗？

在周围阴冷气氛的笼罩下，主人公的心头平添了一层怅惘的情思和孤独凄清的感受。轻寒本是一种天气特征，但这里似乎是能触动主人公心绪的一种心理感受。天气之阴冷，正是主人公心境之凄凉的反映，是以感到"无赖"。无赖，犹言无聊、无可奈何，它形象地刻画了主人公此时此地百无聊赖、孤苦无奈的心境。"晓阴无赖似穷秋"，早晨天阴着，使人感到天气竟似到了深秋时分，阴冷凄清，令人难耐。联系下文的"淡烟流水画屏幽"，这"穷秋"感，还兼有主人公内心的一种清冷之意，心境顿觉凄凉，哪里还有心情去欣赏那些"画屏幽"的美景呢？这句在写景中兼寓情感。

"淡烟流水画屏幽"一句，直承首句，写楼上所见。眼前是一片迷蒙的淡烟，还有那潺潺流动的清水，一幅清幽淡雅的水墨画屏自然展现在眼前。"淡烟"二字，状出画屏上烟霭的朦胧景象，突出了画的意境。"流水"二字，又使人似乎听到了潺潺的流水声，增添了"画屏幽"的意境。这一句意在写女主人公从漠漠轻寒中见到这清幽景致时的感受。

下片写主人公由室外转向室内的所见所感。"自在飞花轻似梦，无边丝雨细如愁。"这两句历来为人称道。词人此处以纤细的笔触，将抽象的、难以捉摸的思想感情，以素淡的语言表现为具体可感、为人理解、耐人寻味的意象。"飞花"和"梦"，"丝雨"和"愁"，本来不相类似，毫无联系。但词人却发现它们之间有"轻"和"细"这两个共同点，就将四样原来毫不相干的东西连成两组，构成了既恰当又新奇的比喻。以梦喻花，取其轻飘，状飞花的神态；以愁喻雨，取其绵密，形容雨丝之纤细。这两句是双关语，明写花和雨，但言外之意却是愁和梦。这也正契合了本词前两句所营造的意境。

结句"宝帘闲挂小银钩"，和上片首句遥相呼应，再次点明主人公身处楼上。眼前的帘幕低垂着，说明主人公深居闺中，未曾出门，心中的愁怨无法排解。这幅图景显得极富有象征意味：深闺寂寂，只有帘幕低垂；人未出户，只是独挂银钩。这情景正是主人公心境的写照。

整首词以景语发端，情语结笔。全词意境沉静悠闲，含蓄有味，通过对自然界"漠漠轻寒""晓阴无赖""淡烟流水""飞花""丝雨"等阴冷景象的描写，移情入景，寓情于景，烘托出一种沉寂、凄清的氛围，表达了女主人公抑郁孤寂、百无聊赖的心情。这种心情，主要是源于当时词人被贬，心中抑郁难解，而借这种意境表达出来。整首词写得轻灵飞动，含蓄蕴藉，回味无穷。

名家集注

明·卓人月《古今词统》："自在"二语，夺南唐席。

清·陈廷焯《词则》：宛转幽怨，温、韦嫡派。

俞陛云《唐五代两宋词选释》：清婉而有余韵，是其擅长处。此调凡五首，此首最胜。

减字木兰花（天涯旧恨）

天涯旧恨，独自凄凉人不问。欲见回肠，断尽金炉小篆香。黛蛾长敛，任是东风吹不展。困倚危楼，过尽飞鸿字字愁。

译文

相隔天涯，心怀那旧日的恨意，独自凄凉地度过每一天，无人过问我的冷暖。若要了解我内心深处的痛苦挣扎，只需看那金炉中，篆香一寸寸烧尽，余烬断绝。

我的黛眉总是紧锁，任凭春季东风如何吹拂，也难以舒展分毫。我疲倦地倚靠在高楼的栏杆上，目光所及，是一群群飞鸿掠过天际。它们飞过的痕迹，仿佛在空中书写着一个个"愁"字，让我心中的忧愁更加深沉。

　　这首词通过细腻的描绘和生动的比喻，将词人内心的孤独、凄凉和痛苦展现得淋漓尽致。金炉中的篆香、紧锁的黛眉、高楼的栏杆以及飞鸿的痕迹，都成了词人表达情感的载体，使得整首词充满了唯美而感伤的气息。词人通过触物兴感、借物喻情的手法，展现了女主人公深重的离愁和怨愤激楚之情。

　　首先，词的上片以女子独自凄凉、愁肠欲绝的情景开篇，通过描绘其内心的痛苦和挣扎，为整首词奠定了情感基调。其中，"天涯旧恨，独自凄凉人不问"两句，既点明了女子与所思远隔天涯，又突出了她孤独无助的处境。这种情感表达既直接又深刻，让人感同身受。

　　下片"黛蛾长敛，任是东风吹不展"，即从内心转到表情的描写。人们的意念中，和煦的春季东风给万物带来生机，它能吹开含苞的花朵，展开细眉般的柳叶，似乎也应该吹展人的愁眉，但是这长敛的黛蛾，却是任凭春风吹拂，也不能使它舒展，足见愁恨的深重。结尾"困倚危楼，过尽飞鸿字字愁"两句，点出女主人公独处高楼的处境和引起愁恨的原因。高楼骋望，见怀远情殷，而"困倚""过尽"，则骋望之久，失望之深自见言外。

　　此词通体悲凉，可谓断肠之吟，尤其上下片结句，皆愁极伤极之语，但并不显得柔靡纤弱。

　　宋·张炎《词源》：体制淡雅，气骨不衰，清丽中不断意脉。

欧阳修

欧阳修（1007—1072），字永叔，号醉翁，晚年更号六一居士，生于北宋时期的绵州（今四川省绵阳市），后定居于江南西路吉州永丰（今江西省吉安市永丰县）。他是北宋的杰出政治家、文学家，也是经学家、史学家、金石学家、目录学家和谱牒学家，堪称一位百科全书式的文化巨人。

欧阳修于宋仁宗天圣八年（1030）以进士及第，步入仕途，历仕仁宗、英宗、神宗三朝，官至翰林学士、枢密副使、参知政事。他不仅在政治上有所建树，更在文学上开创新风，是北宋诗文革新运动的领导者，继承并发展了韩愈的古文理论，其散文创作成就斐然，对诗风、词风也进行了革新，与韩愈、柳宗元、苏轼等人合称"唐宋八大家"。

生查子·元夕

去年元夜时，花市灯如昼。月上柳梢头，人约黄昏后。
今年元夜时，月与灯依旧。不见去年人，泪湿春衫袖。

译文

去年元宵夜之时，花市上的灯光如同白昼般明亮。月儿升起，高挂在柳树的梢头，我与佳人相约，在黄昏之后共叙衷肠。

今年元宵夜，月光与灯光依旧明亮如初。然而，我却再也看不到去年的那位佳人，相思之情涌上心头，泪水不禁打湿了春衫的衣袖。

这首词通过描绘元宵夜的灯火辉煌与月光皎洁，以及去年与今年情景的对比，营造了一种唯美而感伤的氛围。词中的"月上柳梢头，人约黄昏后"描绘了与佳人相约的美好场景，而"不见去年人，泪湿春衫袖"则表达了物是人非、旧情难续的深深感伤。整首词情感真挚，意境深远，令人陶醉其中。

词的上片，欧阳修以生动的笔触描绘出了一幅去年元宵夜的美好画卷。"去年元夜时，花市灯如昼"，这里的"花市"与"灯如昼"形象地展现了节日的繁华与热闹，为下文的佳人出场设置了美好的背景。"月上柳梢头，人约黄昏后"，月光皎洁，柳枝轻拂，一对恋人在黄昏后秘密相约，互诉衷情，情景交融，如梦如幻。

下片则转而描写今年元宵夜的情景，形成鲜明的对比。"今年元夜时，月与灯依旧"，月亮还是那么明亮，灯火依旧辉煌，然而物是人非，去年的佳人已不见踪影。"不见去年人，泪湿春衫袖"，这里的"泪湿春衫袖"将作者的伤感情绪表达得淋漓尽致，令人感受到他对逝去情感的深深怀念和痛苦。

全词语言浅近，情调哀婉，通过去年与今年的情景对比，将主人公从欢愉到失落，再到深深的感伤的情感，展现得淋漓尽致。这种巧妙的构思和真挚的情感表达，使得这首词具有极高的艺术价值。

此外，欧阳修在词中巧妙地运用了许多意象，如"花市""灯火""月亮""柳梢"等，这些意象不仅丰富了词的画面感，还使得词的情感表达更加深沉和细腻。同时，他通过对比的手法，将去年与今年的情景进行对比，突出了物是人非的伤感，使得整首词的情感表达更加鲜明和强烈。

明·卓人月《古今词统》：元曲之称绝者，不过得此法。

清·王士禛《池北偶谈》：今世所传女郎朱淑真"去年元夜时，花市灯如昼"《生查子》词，见《欧阳文忠公集》百三一卷，不知何以讹为朱氏之作。世遂因此词，疑淑真失妇德，记载不可不慎。

清·陈廷焯《词坛丛话》：引陈文述"去年元夜"一词，本欧阳公作，后人误编入《断肠集》，遂疑朱淑真为泆女，皆不可不辨。按"去年元夜"一词，当是永叔少年笔墨。渔洋辨之于前，云伯辨之于后，俱有挽扶风教之心。余谓古人托兴言情，无端寄慨，非必实有其事。此词即为朱淑真作，亦不见是泆女，辨不辨皆可也。

《四库总目提要·断肠词》：杨慎升庵《词品》载其《生查子》一阕，有"月上柳梢头，人约黄昏后"语，（毛）晋跋遂称为"白璧微瑕"。然此词今载欧阳修《庐陵集》第一百三十一卷中，不知何以窜入淑真集内，诬以桑濮之行。慎收入《词品》，既为不考，而晋刻《宋名家词》六十一种，《六一词》即在其内，乃于《六一词》漏注，互见《断肠词》，已自乱其例，此集更不一置辨，且证实为"白璧微瑕"，益卤莽之甚。

夏承焘《宋词鉴赏辞典》：此词作者，或作朱淑真，或作秦观。但南宋初曾慥所编《乐府雅词》作欧阳修，当较为可信。

薛砺若《宋词通论》：他的抒情作品，哀婉绵细，最富弹性。

蝶恋花（庭院深深深几许）

庭院深深深几许？杨柳堆烟，帘幕无重数。玉勒雕鞍游冶处，楼高不见章台路。

雨横风狂三月暮，门掩黄昏，无计留春住。泪眼问花花不语，乱红飞过秋千去。

庭院深深，有多深？杨柳依依，烟雾弥漫，帘幕重重，遮挡住了视线。那华丽的车马停在繁华的游冶之地，我却站在高楼之上，看不见那通向章台的路。

风狂雨骤的暮春三月，时近黄昏，掩起门户，却没有办法把春光留住。我含着眼泪问花儿，花儿默默无语，只见散乱的落花飞过秋千去。

这首词以生动的笔触描绘了一个女子在深深庭院中的孤独和无奈，以及她对春天的眷恋和留恋。通过细腻的描绘和深情的表达，词人成功地将读者带入了一个唯美而感伤的世界，让人感受到时光的无情和人生的无常。

首句"庭院深深深几许"，连用三个"深"字，不仅形象地描绘了庭院的幽深，更通过叠字的运用，加重了语气，突出了女子内心的孤寂与幽深。这种庭院之深，既是对女子所处环境的客观描绘，又是对她内心世界的隐喻。

接下来，"杨柳堆烟，帘幕无重数"，词人运用杨柳、烟雾、帘幕等意象，进一步渲染了庭院的幽深与女子内心的孤寂。杨柳依依，烟雾缭绕，帘幕重重，仿佛形成了一道道无形的屏障，将女子与外界隔绝开来，使她无法窥见外面的世界，也无法摆脱内心的孤独。

下片"玉勒雕鞍游冶处，楼高不见章台路"，词人笔锋一转，描绘了女子所见之景。她看到那些华丽的车马和游冶之人，却无法触及。这里的"玉勒雕鞍"和"章台路",既是实写,又是女子心中对外面世界的向往和无奈。

"雨横风狂三月暮,门掩黄昏,无计留春住",词人借描写风雨黄昏之景,进一步渲染了女子的孤独和无奈。她想要留住春天,却无计可施,只能眼睁睁地看着春光流逝。这里的"无计留春住",既是对春天的留恋,也是对时光易逝的感慨。

最后一句"泪眼问花花不语,乱红飞过秋千去",是全词的点睛之笔。女子含泪问花,花却默默无语,只有散乱的落花飞过秋千。这里的"泪眼问花"和"花不语",既是对女子孤寂无助的描绘,也是对人生无常的深刻反思。"乱红飞过秋千去",则象征着女子青春的流逝和生命的凋零,令人感慨万千。

名家集注

明·沈际飞《草堂诗余正集》:末句参之"点点飞红雨"句,一若关情,一若不关情,而情思举荡漾无边。

明·茅暎《词的》:凄如送别。

明·李廷机《草堂诗余评林》:首句叠用三个"深"字最新奇,后段形容春暮光景殆尽。

清·陈廷焯《云韶集》:连用三"深"字,妙甚。偏是楼高不见,试想千古有情人读至结处,无不泪下。绝世至文。

俞陛云《北宋词境浅说》:此词帘深楼迥及"乱红飞过"等句,殆有寄托,不仅送春也。或见《阳春集》。李易安定为六一词。易安云:"此词余极爱之。"乃作"庭院深深"数首,其声即旧《临江仙》也。

唐圭璋,钟振振《唐宋词鉴赏辞典》:这首词的作者向来说法不一,有人认为是冯延巳,但李清照认为是欧阳修。李是宋代人,离欧生活时代不远,她的说法应该是可信的。

踏莎行（候馆梅残）

候馆梅残，溪桥柳细，草薰风暖摇征辔。离愁渐远渐无穷，迢迢不断如春水。

寸寸柔肠，盈盈粉泪。楼高莫近危阑倚。平芜尽处是春山，行人更在春山外。

译文

客舍外的梅花已经凋残，溪流桥头的杨柳吐着细细的柳叶。春风吹拂着青草，散发着芳香，马儿也愉快地扬起蹄子。然而，随着离别的距离越来越远，心中的离愁也越发浓烈，仿佛那迢迢不断的春水，无穷无尽。

每一寸柔肠都充满了思念之情，每一滴泪水都凝聚着深情厚意。高楼之上，我告诫自己不要靠近那危险的栏杆，以免更加思念远方的你。极目远眺，原野的尽头是连绵的春山，而远行的人却在那春山之外更远的地方。

鉴赏

这首词以细腻的情感和唯美的意境，表达了词人深深的离愁别绪。通过描绘自然景色和内心感受，词人成功地营造出一个充满情感和韵味的艺术世界，使读者能够深切地感受到词人内心的痛苦和思念之情。

词的上片写行者在旅途中感受到的离愁。开篇"候馆梅残，溪桥柳细"即以景物描写点明时令，透出春的气息。然而，这春景却与行者的心情形成鲜明对比。他无暇无心去欣赏大自然的美景，因为"征辔"，急迫的行程使他无法停留。在春风吹拂、青草芳香的背景下，离愁却如春水般迢迢不断，渐远渐无穷。这种

欧阳修

以乐景写哀情的手法，更加凸显了行者内心的孤寂与无奈。

下片则写居者（行者之妻）的思夫之情。她柔肠寸断，粉泪盈盈，登楼远望，期盼归人。这种望眼欲穿、盼归不见的绝望痛苦心情，让人深感同情。词人通过细腻的心理描写，将居者的思念之情刻画得淋漓尽致。

整首词意境优美而情感深沉。上片以春水喻离愁，化抽象为具象，贴切而生动；下片则以居者的视角出发，通过细腻的描绘和深情的表达，将离愁别绪展现得淋漓尽致。词人巧妙地运用对比和象征手法，将自然景色与人物情感融为一体，营造出一种既唯美又感伤的艺术氛围。

此外，《踏莎行·候馆梅残》还体现了欧阳修深婉的词风。他善于以细腻入微的笔触描绘人物内心世界，通过深情款款的表达方式，将离愁别绪表达得既真实又动人。

名家集注

明·李攀龙《草堂诗余隽》：春水写愁，春山骋望，极切极婉。

明·卓人月《古今词统》："芳草更在斜阳外""行人更在春山外"两句，不厌百回读。

明·沈际飞《草堂诗余正集》：春水春山走对妙。望断江南山色，远人不见草连空，一望无际矣。尽处是春山，更在春山外，转望转远矣。当取以合看。

明·王世贞《艺苑卮言》："平芜尽处是春山，行人更在春山外。"此淡语之有情者也。

俞陛云《北宋词境浅说》：唐宋人诗词中，送别怀人者，或从居者着想，或从行者着想，能言情婉挚，便称佳构。此词则两面兼写。前半首言征人驻马回头，愈行愈远，如春水迢迢，却望长亭，已隔万重云树。后半首为送行者设想，倚阑凝睇，心倒肠回，望青山无际，遥想斜日鞭丝，当已出青山之外，如鸳鸯之烟岛分飞，互相回首也。以章法论，"候馆""溪桥"言行人所经历；"柔肠""粉泪"言思妇之伤怀，情同而境判，前后阕之章法井然。

采桑子（群芳过后西湖好）

群芳过后西湖好，狼藉残红。飞絮蒙蒙，垂柳阑干尽日风。笙歌散尽游人去，始觉春空。垂下帘栊。双燕归来细雨中。

译文

百花凋零之后，西湖依然美好。残花轻柔地飘落在地，柳絮在空中随风飞舞，垂柳斜倚着栏杆，整日里暖风融融。

笙歌悠扬声散尽，游人离去，我才觉得春天空寂。垂下窗帘，双燕归来，正赶上细雨迷蒙。

鉴赏

这首词是欧阳修晚年退居颍州时所作十首《采桑子》中的第四首，这首词以清新自然的笔触，描绘了群芳凋谢后的西湖之美，抒写了词人寄情湖山的情怀。

词的上片写暮春时节的西湖，尽管群芳已凋，但词人却从中领略到"好"的意味。他看到的是"狼藉残红"，即落花满地，一片缤纷，这并非衰残之景，反而有一种繁华落尽见真淳的意味。柳絮飞扬，如细雨迷蒙，而垂柳在春风中摇曳生姿，更增添了几分静谧和雅致。这里的描写，既体现了词人对于自然美的敏锐感受，也展示了他的审美情趣和心境。

下片则通过对比的手法，进一步突出了西湖的幽静之美。词人写到笙歌已散，游人也已尽兴而去，湖面恢复了宁静。此时，词人垂下帘栊，静候着双燕的归来。在细雨中，双燕翩然归来，为这静谧的西湖增添了几分生机和活力。词人通过对双燕归来的细腻描绘，既表达了对自然的热爱，也寄寓了对生活的感慨和期待。

整首词情感真挚，意境深远，语言疏淡隽永，以少胜多，给人以美的享受和思考的空间。词人通过对西湖暮春景色的描绘，表达了自己对于时光易逝、人生无常的感慨，同时展现了他安闲自适的生活态度和超然物外的情怀。

名家集注

元·方回《瀛奎律髓》：此词工于雕琢，琢静境，静怡人心。

唐圭璋《唐宋词简释》：此首上片言游冶之盛，下片言人去之静。通篇于景中见情，文字极疏隽。风光之好，太守之适，并可想象而知也。

俞陛云《唐五代两宋词选释》：西湖在宋时，极游观之盛。此词独写静境，别有意味。

刘永济《词论》：小令尤以结语取重，必通首蓄意、蓄势，于结句得之，自然有神韵。如永叔《采桑子》前结"垂柳阑干尽日风"，后结"双燕归来细雨中"，神味至永，盖芳歇红残，人去春空，皆喧极归寂之语，而此二句则至寂之境，一路说来，便觉至寂之中，真味无穷，辞意高绝。

李清照

李清照（1084—约1151），号易安居士，章丘（今山东省济南市章丘区）人。她是宋代（南北宋之交）著名的女词人，婉约词派的代表人物，被誉为"千古第一才女"。

李清照出生于书香门第，其父李格非藏书甚富，为她打下了良好的文学基础。她前期词作多写悠闲生活，后期则多悲叹身世，情调感伤。

其词在形式上善用白描手法，独辟蹊径，语言清丽。在词论上，她强调协律、崇尚典雅，提出词"别是一家"之说。李清照的词流传千古，为后世所传诵。

如梦令（昨夜雨疏风骤）

昨夜雨疏风骤，浓睡不消残酒。试问卷帘人，却道海棠依旧。知否？知否？应是绿肥红瘦。

译文

昨夜雨点稀疏，晚风急骤，我虽睡了一夜，仍有余醉未消。今晨醒来，向正在卷帘的侍女问起昨夜的庭园景致。她回答说："海棠花依然和昨天一样。"你可知道，你可知道，应该已是绿叶繁茂，红花凋零啊。

鉴赏

这首词是李清照早期的作品，借宿酒醒后询问花事的描写，委婉地表达了作者怜花、惜花的心情，充分体现出作者对大自然、对春天的热爱，也流露了其内心的苦闷。全词篇幅虽短，但含蓄蕴藉，意味深长，以景衬情，委曲精工，轻灵新巧，对人物心理情绪的刻画栩栩如生，显示出作者深厚的艺术功力。

首先，词中"昨夜雨疏风骤"一句，既交代了时间、环境，也奠定了全词的基调。雨疏风狂，正是暮春时节的典型景象，也预示着大自然即将经历一场风雨的洗礼。这样的开篇，既符合词题的"如梦令"，也让人仿佛置身于那个风雨交加的夜晚，感受到词人当时的心境。

其次，"浓睡不消残酒"一句，则进一步揭示了词人的状态。词人今朝醒来依然带着些许醉意。这种状态既符合"浓睡"的情境，也透露出词人内心的愁绪和无奈。这种愁绪并非无端而来，而是源于对自然、对春天的热爱和珍惜。

再次，词人急切地向"卷帘人"询问室外的变化，而"卷帘人"却答之以"海棠依旧"。这里的"试问卷帘人"和"却道海棠依旧"形成了一组精彩的对话，既展示了词人对花事的关切，也揭示了"卷帘人"的粗心与无知。词人对此不禁连用两个"知否"与一个"应是"来纠正其观察的粗疏与回答的错误，进一步凸显了词人对大自然的细腻感知和深情厚意。

最后，"绿肥红瘦"一句，无疑是整首词的点睛之笔。它形象地描绘出风雨过后，绿叶繁茂而红花凋零的景象，既是对自然现象的客观描述，也是词人内心情感的象征性表达。这一句既含蓄又深刻，既体现了词人对春天将逝的惋惜之情，又展示了她对生命、对时光的深沉思考。

在整体艺术表现上，李清照词以白描的手法、清新的语言、委婉的笔触，将自然景象与人物情感融为一体，营造出一种既真实又梦幻的艺术境界。

宋·胡仔《苕溪渔隐丛话》：近时妇人能文词如李易安，颇多佳句。小词云："昨夜雨疏风骤，浓睡不消残酒。试问卷帘人，却道海棠依旧。知否，知否？应是绿肥红瘦。""绿肥红瘦"此语甚新。又九日词云："帘卷西风，人似黄花瘦。"此语亦妇人所难到。易安再适张汝舟，未几反目，有启事与綦处厚云："猥以桑榆之暮景，配兹驵侩之下才"，传者莫不笑之。

清·王士禛《花草蒙拾》：前辈谓史梅溪之句法，吴梦窗之字面，固是确论，尤须雕组而不失天然，如"绿肥红瘦""宠柳娇花"，人工天巧，可称绝唱。若"柳腴花瘦""蝶凄蜂惨"，即工，亦"巧匠斫山骨"矣。

清·黄苏《蓼园词选》：按，一问极有情，答以"依旧"，答得极淡，跌出"知否"二句来，而"绿肥红瘦"，无限凄婉，却又妙在含蓄。短幅中藏无数曲折，自是圣于词者。

靳极苍《唐宋词百首详解》：这首词用寥寥数语，委婉地表达了女主人惜花的心情，委婉、活泼、平易、精练，极尽传神之妙。

唐圭璋，钟振振《唐宋词鉴赏辞典》：这是一首写女词人闺中生活的小词。词意与唐孟浩然《春晓》"春眠不觉晓，处处闻啼鸟。夜来风雨声，花落知多少"和唐韩偓《懒起》"昨夜三更雨，临明一阵寒。海棠花在否？侧卧卷帘看"二诗相似。它揭示女词人对大自然变化的敏感和生活中美好事物的关怀。内容曲折而含蓄，语言深美而自然，笔调跌宕而有致。……仅一首小词，寥寥数语，就能在描摹中寓深美主题，流露了女词人惜春而不伤春的情愫；在锤炼中出天然言语，显示了女词人的创造心力；在短幅中藏无数曲折，传神而有致；在韵律中求抑扬声调，传情而动听。四美具备，堪称词中楷模。

云南、陕西人民广播电台《中国历代文学名篇欣赏（唐宋词）》：

这首小词与唐朝诗人孟浩然的五言绝句《春晓》中的"夜来风雨声，花落知多少"的题旨是相同的。不过，李清照的手法显得更为曲折、活泼，富于变化，也更显见得观察力的深透。这首词，把标点算进去也不过四十个字，如果除去七个标点不算，就只有三十来个字。以寥寥数语的对话，曲折地表达出主人公惜花的心情，写得那么传神，艺术技巧是很高超的。特别是"绿肥红瘦"四个字，用语简练，单纯明净，又很形象化，在词语上是一种新的创造。不说"多""少"，而说"肥""瘦"，正是匠心所在。如果说：你知道吗？海棠不是"依旧"，而是叶多花少，就显得平淡、呆板。换一种说法：绿的肥、红的瘦，既形象又准确。并且把被风雨摧残了的花和少女，也就是词中的女主人，对花的惋惜的情态都呈现了出来，情意深长，含蓄委婉。

点绛唇（蹴罢秋千）

蹴罢秋千，起来慵整纤纤手。露浓花瘦，薄汗轻衣透。
见客人来，袜划金钗溜。和羞走，倚门回首，却把青梅嗅。

译文

少女刚刚荡完秋千，双手慵懒无力，微微下垂。在她身旁，瘦瘦的花枝上挂着晶莹剔透的露珠；而她身上，淙淙香汗渗透了薄薄的罗衣。

这时，有客人突然来到，她慌得顾不上穿鞋，只穿着袜子抽身就走，连头上的金钗也滑落下来。她含羞跑开，倚靠门回头看，又闻了一阵青梅的花香。

这首词以清新自然的笔触，描绘了一位少女在荡完秋千后的娇羞情态。词人通过细腻入微的描写，将少女的内心世界展现得淋漓尽致。无论是她慵懒的神态，还是她慌乱的动作，都充满了青春的活力和纯真。结尾处的"却把青梅嗅"，更是巧妙地表达了少女内心的羞涩与好奇，让人回味无穷。

首先，从艺术手法上看，词人运用了白描手法，通过简洁明快的笔触，勾勒出少女荡秋千后的神态和见到客人时的反应。词中"蹴罢秋千，起来慵整纤纤手"一句，生动地展现了少女荡完秋千后的慵懒姿态；"露浓花瘦，薄汗轻衣透"则通过描绘花露和少女香汗，营造出一种清新自然的氛围。同时，词人巧妙地运用对比手法，将少女的内心世界与外部动作相结合，使得人物形象更加鲜明。

其次，从情感表达上看，这首词充满了青春的气息和纯真的情感。少女见到客人来访时，那种慌乱、羞涩而又好奇的心理被词人捕捉到并描绘得恰到好处。尤其是"袜刬金钗溜"和"倚门回首，却把青梅嗅"两句，将少女的娇羞情态展现得淋漓尽致，令人读来心生怜爱。

最后，这首词还体现了李清照独特的词风。她的词作往往以白描为主，语言清新自然，情感真挚动人。

明·钱允治《续选草堂诗余》：曲尽情悰。

明·沈际飞《草堂诗余续集》：片时意态，淫夷万变。美人则然，纸上何遽能尔。

明·潘游龙《古今诗余醉》："和羞走"下，如画。

清·贺裳《皱水轩词筌》：至无名氏"见客人来袜刬金钗溜。和羞走，倚门回首，却把青梅嗅"直用"见客人来和笑走，手搓梅子映中门"二语演之耳。语虽工，终智在人后。

一剪梅（红藕香残玉簟秋）

红藕香残玉簟秋。轻解罗裳，独上兰舟。云中谁寄锦书来？雁字回时，月满西楼。

花自飘零水自流。一种相思，两处闲愁。此情无计可消除，才下眉头，却上心头。

译文

粉红的荷花已经凋谢，铺着竹席的床榻透出秋天的凉意，我轻轻解下绫罗裙，独自划着小船去游玩。白云舒卷处，谁会将锦书寄来？雁群飞回时，月光已经洒满了西楼。

落花独自地飘零着，水独自地流淌着。彼此都在思念对方，可又不能互相倾诉，只好各在一方独自愁闷着。这相思的愁苦实在无法排遣，刚从微蹙的眉间消失，又隐隐缠绕上了心头。

鉴赏

这首词以白描的手法、清新的语言，抒发了词人因丈夫久别而产生的深深的孤独与思念之情。词人通过细腻入微的描绘，将抽象的相思情感转化为具体可感的形象，使得整首词既充满了诗意，又充满了深情。

首先，词的首句"红藕香残玉簟秋"便设定了全词的基调。其中，"红藕香残"描绘出荷花凋零、香气消散的景象，象征着季节的更替和生命的短暂。"玉簟秋"则点明了秋日的凉意，突显出词人的孤独与凄凉。这一句不仅描绘出外界环境的萧条，更深入地揭示了词人内心的孤寂与哀愁。

其次，"轻解罗裳，独上兰舟"两句，进一步描绘了词人孤独的身影。她独自解开绫罗裙，划着小船去游玩，这看似平常的动作，却透露出词人内心的寂寞与无奈。她试图通过游玩来排遣心中的孤独，但结果却是更加深刻地感受到了孤独的存在。

"云中谁寄锦书来？雁字回时，月满西楼"三句，词人将视线转向远方，期待着爱人的书信。这里的"雁字回时"和"月满西楼"都是词人心中期待的象征，但期待的落空却让她更加痛苦。

下片"花自飘零水自流"一句，词人将情感从期待转向无奈。她看到花儿自由地飘落，水流自在地流淌，而她自己却无法像它们那样自由。这种对比更加突出了词人内心的束缚与痛苦。接着，"一种相思，两处闲愁"两句，词人表达了自己与爱人之间的相思之情。虽然他们身处两地，但彼此的思念却是相通的。这种深情的表达让人感受到了词人对爱情的执着与坚定。

最后，"此情无计可消除，才下眉头，却上心头"三句，词人将相思之情推向了高潮。她试图通过各种方法来消除这种情感，但都无济于事。相思之情刚刚从眉间消失，却又立刻涌上心头。这种无法排遣的相思之苦让人深感同情。

名家集注

宋·王灼《碧鸡漫志》：易安作长短句，能曲折尽人意，轻巧尖新，姿态百出。

明·茅暎《词的》：香弱脆溜，自是正宗。

明·杨慎批点本《草堂诗余》：离情欲泪。读此始知高则诚、关汉卿诸人，又是效颦。

明·王世贞《弇州山人词评》：李易安"此情无计可消除，才下眉头，又上心头"可谓憔悴支离矣。

明·李攀龙《草堂诗余隽》：惟"锦书""雁字"，不得将情传去，所以"一种相思"，眉头心头，在在难消。

明·沈际飞《草堂诗余正集》：时本落"西"字，作七字句，非调。是元人乐府妙句。关、郑、白、马诸君，固效颦耳。

清·梁绍壬《两般秋雨盦随笔》：易安《一剪梅》词起句"红藕香残玉簟秋"七字，便有吞梅嚼雪，不食人间烟火气象，其实寻常不经意语也。

唐圭璋，钟振振《唐宋词鉴赏辞典》：元伊世珍《琅嬛记》卷中有云："赵明诚幼时，其父将为择妇。明诚昼寝，梦诵一书，觉来惟忆三句云：'言与司合，安上已脱，芝芙草拔。'以告其父。其父为解曰：'汝待得能文词妇也。言与司合是词字，安上已脱是女字，芝芙草拔是之夫二字，非谓汝为词女之夫乎？'后李翁以女妻之，即易安也，果有文章。易安结褵未久，明诚即负笈远游，易安殊不忍别，觅锦帕书《一剪梅》词以送之。"这则故事与词意不合，当系好事者所为，不必实有其事。……"红藕香残玉簟秋""花自飘零水自流"，前四字与后三字皆为并列的主谓结构。"轻解罗裳，独上兰舟""一种相思，两处闲愁""才下眉头，却上心头"皆为对偶句。它们都既工巧而又明白如话，这是本词语言运用上的一个显著特点。

木斋《唐宋词评译》：上片写景，景中含蕴情愁万种，下片抒情，情中更有万种别愁："一种相思，两处闲愁"及"此情无计可消除，才下眉头，却上心头"，明白如话，却又如此真切，令人叹赏不已。

醉花阴（薄雾浓云愁永昼）

薄雾浓云愁永昼，瑞脑销金兽。佳节又重阳，玉枕纱厨，半夜凉初透。

东篱把酒黄昏后，有暗香盈袖。莫道不消魂，帘卷西风，人比黄花瘦。

薄雾弥漫，云层浓厚，日子过得愁闷无聊，香料在兽形的铜炉中袅袅地烧着。又到了重阳佳节，卧在纱帐之中玉枕之上，半夜的凉气刚刚将全身浸透。

在东篱边饮酒直到黄昏以后，淡淡的黄菊清香溢满双袖。此时此地怎么能不令人伤感呢？秋风乍起，卷帘而入，帘内的人儿因过度思念，身形竟比那黄花还要瘦弱。

鉴赏

这首词通过细腻的描绘和深情的表达，将李清照重阳节时的孤独、寂寞和思念之情展现得淋漓尽致。

词的首句"薄雾浓云愁永昼"，便奠定了全词的基调。薄雾浓云不仅弥漫天际，更笼罩在词人心头，使其感到日子漫长难捱。这里的"永昼"并非实指秋季白昼之长，而是词人心理感受的反映，透露出她内心的孤寂与愁苦。

"瑞脑销金兽"，这句描写室内景象，香料在兽形香炉中缓缓燃烧，缕缕青烟袅袅升起。这既烘托出环境的静谧与凄寂，又暗示着时间的缓慢流逝，进一步加深了词人的愁绪。

"佳节又重阳"，点明了时令，也揭示了词人愁苦的原因。重阳佳节本是家人团聚、共赏菊花的美好时光，然而词人却独自一人，这种对比使得她的思念之情愈加浓烈。

下片"东篱把酒黄昏后，有暗香盈袖"，词人描绘了自己在重阳黄昏时分，于东篱下菊圃前把酒独酌的情景。菊花的幽香盈满衣袖，然而这香气却无法驱散词人内心的孤独与寂寞。这里的"暗香"不仅指菊花的香气，更象征着词人内心的情感，深沉而含蓄。

最后一句"莫道不消魂，帘卷西风，人比黄花瘦"，是词人的深情告白。她告诫自己不要太过伤感，然而西风卷起帘幕，却让她不禁想起远方的丈夫，心中的思念之情愈加浓烈。"人比黄花瘦"则更是形象地描绘出词人因思念而憔悴的容颜，令人心疼。

名家集注

元·伊世珍《琅嬛记》卷中引《外传》：易安以重阳《醉花阴》词函致明诚，明诚叹赏，自愧弗逮，务欲胜之。一切谢客，忘食忘寝者三日夜，得五十阕，杂易安作，以示友人陆德夫。德夫玩之再三，曰："只三句绝佳。"明诚诘之。曰："莫道不销魂，帘卷西风，人比黄花瘦。"正易安作也。

明·王世贞《弇州山人词评》词内"人瘦也、比梅花、瘦几分"，又"天还知道，和天也瘦"，又"莫道不消魂，帘卷西风，人比黄花瘦"，三"瘦"字俱妙。

明·瞿佑《香台集》：又《九日》词"帘卷西风，人似黄花瘦"，亦妇人所难到也。

明·杨慎批点本《草堂诗余》：（末两句）凄语，怨而不怒。

明·茅暎《词的》：但知传诵结语，不知妙处全在"莫道不消魂"。

明·卓人月《古今词统》：康词"比梅花、瘦几分"，一婉一直，两得其宜。

清·沈祥龙《论词随笔》：写景贵淡远有神，勿堕而奇情；言情贵蕴藉，勿浸而淫亵。"晓风残月""衰草微云"，写景之善者也；"红雨飞愁""黄花比瘦"，言情之善者也。

清·许宝善《自怡轩词选》：幽细凄清，声情双绝。

清·陈廷焯《云韶集》：只数语中层次曲折有味。世徒称其"绿肥红瘦"一语，犹是皮相。

夏承焘《宋词鉴赏辞典》：这首词表面上写词人深秋时节的孤独寂寞之感，实际上，她所表现的，是词人在重阳佳节思念丈夫的心情。……以花木之"瘦"，比人之瘦，诗词中不乏类似的句子，如："依旧，依旧，人与绿杨俱瘦"（秦观《如梦令》）；"人瘦也，比梅花，瘦几分"（程垓《摊破江城子》），然而它们都远不及"人比黄花瘦"精彩，何也？《瑯嬛记》提到赵明诚那位友人陆德夫，在谈到这首《醉花阴》词时说："三句绝佳。"他不是单拈出一句"人比黄花瘦"来，这是很有道理的。这是因为正是"莫道不消魂，帘卷西风，人比黄花瘦"这三句，才共同创造出一个凄清寂寥的深秋怀人的境界。

声声慢（寻寻觅觅）

寻寻觅觅，冷冷清清，凄凄惨惨戚戚。乍暖还寒时候，最难将息。三杯两盏淡酒，怎敌他、晚来风急！雁过也，正伤心，却是旧时相识。

满地黄花堆积。憔悴损，如今有谁堪摘？守着窗儿，独自怎生得黑？梧桐更兼细雨，到黄昏、点点滴滴。这次第，怎一个愁字了得！

译文

我苦苦地寻觅，却只见冷冷清清，凄凉，惨痛、悲戚之情一齐涌来。乍暖还寒的时节，最难保养休息。喝三杯两盏淡酒，怎么能抵得住早晨的寒风急袭？一行大雁从眼前飞过，更让人伤心，因为都是旧日的相识。

园中菊花堆积满地，都已经憔悴不堪，如今还有谁来采摘？冷冷清清地守着窗子，独自一个人怎么熬到天黑？黄昏时分，下起了绵绵细雨，一点点、一滴滴洒落在梧桐叶上。这般情景，怎么能用一个"愁"字了结！

鉴赏

这首词是李清照南渡后的代表作之一，被历代词人所称颂。这首词起句便不寻常，一连用了七组叠词，不仅富有音乐美，而且在填词方面实属罕见。这七组叠词不仅渲染了凄凉的气氛，还为全词奠定了哀婉、凄凉、愁苦的感情基调。

词中，作者借秋景来抒发自己凄凉愁苦的情感。她寻寻觅觅，但眼前只有冷冷清清的环境，这让她感到凄凉、惨痛、悲戚。这种情感在乍暖还寒的时节里更加难以排遣。她试图用酒来抵御寒冷和寂寞，但三杯两盏淡酒怎么敌得过晚来的疾风呢？当大雁飞过，她更是触景生情，因为这些大雁都是她旧时的相识，如今却只剩下她独自面对这凄凉的景象。

此外，词中的"满地黄花堆积。憔悴损，如今有谁堪摘？"一句，借黄花的凋零来象征自己年华的逝去和生活的凄凉。她守着窗子，独自度过漫漫长夜，听着窗外梧桐叶与细雨的点滴声，心中的愁苦更加深沉。这种孤寂与愁苦，最后汇集成一句"这次第，怎一个愁字了得！"将全词的情感推向了高潮。

整首词以明白如话的语言，表达了作者复杂而深沉的情感世界。无论是叠词的运用，还是对秋景的描绘，都体现了李清照高超的艺术造诣和深厚的情感底蕴。这首词不仅是对个人愁苦的抒发，也是对时代背景的深刻反映，具有很高的艺术价值和历史意义。

名家集注

宋·罗大经《鹤林玉露》：近时李易安词云，"寻寻觅觅，冷冷清清，凄凄惨惨戚戚"。起头连叠七字。以一妇人，乃能创意出奇如此。

明·杨慎《词品》：宋人中填词，李易安亦称冠绝。使在衣冠，当与秦七、黄九争雄，不独雄于闺阁也。其词名《漱玉集》，寻之未得。《声声慢》一词，最为婉妙。其词云（略）……山谷所谓以故为新，以俗为雅者，易安先得之矣。

明·吴承恩《花草新编》：易安此词首起十四叠字，超然笔墨蹊径之外。岂特闺帏，士林中不多见也。

清·徐钒《词苑丛谈》：李清照《声声慢·秋闺》词云："寻寻觅觅，冷冷清清，凄凄惨惨戚戚。"首句连下十四个叠字，真如大珠小珠落玉盘也。

清·陆昶《历朝名媛诗词》：其《声声慢》一阕，张正夫称为公孙大娘舞剑器手，以其连下十四叠字也。此却不是难处，因调名《声声慢》，而刻意播弄之耳。其佳处，后又下"点点滴滴"四字，与前照映有法，不是单单落句。玩其笔力，本自矫拔，词家少有，庶几苏、辛之亚。

清·陆以湉《冷庐杂识》：李易安《声声慢》词："寻寻觅觅，冷冷清清，凄凄惨惨戚戚。"昔人称其造句新警。其源盖出于《尔雅·释训篇》，篇中自"明明"至"秩秩"，叠句凡一百四十四，"殷殷茕茕"一段连叠十字，此千古创格，亦绝世奇文也。

蔡义江《宋词三百首全解》：在李清照的全部词作中，最有名的大概无过于这首《声声慢》了。此词所表现的凄苦愁绪，已非入选的前两首词可比，其强烈的程度，几乎可谓是墨与泪俱，一片哀音。

这种变化，实在是现实生活的改变所造成的。靖康之变，在使北宋王朝覆灭的同时，也给李清照的个人生活带来了巨变，她的身心都遭受了极大的痛苦。故乡陷落，青州老家付之一炬。南渡后的次年，丈夫赵明诚又因病亡故，结束了伉俪恩爱的生活。继而金兵南下，她孤身一人流亡于浙南，所有藏书和财产也都在逃难中丢失了。经此浩劫，其凄苦悲愁的心境自不难想像，反映在词作中，便有了这首《声声慢》。

武陵春·春晚

风住尘香花已尽，日晚倦梳头。物是人非事事休，欲语泪先流。

闻说双溪春尚好，也拟泛轻舟。只恐双溪舴艋舟，载不动许多愁。

【译文】

风停了，尘土里带有花的香气，花儿已凋落殆尽。日头已经升得很高了，我却懒得来梳妆。景物依旧，人事已非，一切事情都已经完结。想要倾诉自己的感慨，还未开口，眼泪却先流下来。

听说双溪春景尚好，我也打算泛舟前去。只恐怕双溪舴蜢般的小船，载不动我许多的忧愁。

【鉴赏】

本首词是李清照避难浙江金华时所作，通过对暮春景色的描绘，深刻地表达了词人内心的孤寂与忧愁。

上片开篇"风住尘香花已尽"，词人便营造出一种凄清的氛围。风虽停，但花已凋零，尘土中残留着花的香气，这既是对暮春景象的客观描述，又寄寓了词人深深的感慨。接着，"日晚倦梳头"，词人借日常生活的细节，表现了她内心的疲倦和消极。随后，"物是人非事事休，欲语泪先流"则直接抒发了词人对于物是人非的感慨和无尽的悲伤。

下片"闻说双溪春尚好，也拟泛轻舟"，词人试图通过游玩来排遣内心的忧愁，然而"只恐双溪舴艋舟，载不动许多愁"却揭示了词人内心的沉重和无法释怀的痛苦。这里的"舴艋舟载不动愁"运用了新颖的比喻手法，将抽象的愁绪具象化，使得词人的情感更加让人感同身受。

整首词情感深沉，意境深远，语言优美而含蓄。词人通过细腻的描绘和深情的抒发，将暮春时节的景象与内心的情感完美地融合在一起，使得整首词充满了浓郁的艺术魅力。

此外，这首词还体现了李清照作为一位杰出女词人高超的艺术造诣。她以女性特有的敏感和细腻，捕捉到了生活中微妙的情感变化，并将其转化为优美的词句，使得她的作品具有极高的艺术价值和历史意义。

名家集注

明·陆云龙《词菁》：愁如海。

明·杨慎批点本《草堂诗余》：秦处度《谒金门》词云"载取暮愁归去""愁来无着处"，从此翻出。

明·沈际飞《草堂诗余正集》：与"载取暮愁归去"相反，与"遮不断、愁来路""流不到、楚江东"相似，分帜词坛，孰辨雄雌？

清·王士祯《花草蒙拾》："载不动许多愁"与"载取暮愁归去""只载一船离恨向两州"，正可互观。"双桨别离船，驾起一天烦

"恼",不免径露矣。

清·万树《词律》:《词统》《词汇》俱注"载"字是衬,误也。词之前后结,多寡一字者颇多,何以见其为衬乎?查坦庵作,尾句亦云"流不尽许多愁"可证。沈选有首句三句,后第三句平仄全反者,尾云"忽然又起新愁"者,"愁从酒畔生"者,奇绝。

刘永济《唐五代两宋词简析》:此清照五十三岁依其弟远于金华时所作。其词情凄恻,不但有故乡之思,且寡居凄寂之情,亦跃跃纸上。

木斋《唐宋词评译》:此词充满暮色昏黄之哀怆,为易安晚年心境之写照。评者往往以为此词寓意再嫁张汝舟之事,梁启超则认为是"感愤时事"之作。其实正不妨将二者合一,个人之悲惨遭际与时代之悲剧合一,正是家国之悲。从"花已尽""倦梳头""事事休",到"欲语泪先流"诸语看,词人之悲痛,似无可解脱者。其悲之深,其哀之绝,真非易安少女、少妇时之愁可同日而语者。下片"闻说双溪春尚好,也拟泛轻舟"作一波宕,从极悲痛中转出轻松笔,却蓄势出"只恐双溪舴艋舟,载不动,许多愁"的极愁之路,将抽象之愁,赋予重量,诚为千古名句。

如梦令(常记溪亭日暮)

常记溪亭日暮,沉醉不知归路。兴尽晚回舟,误入藕花深处。争渡,争渡,惊起一滩鸥鹭。

译文

常常想起以前溪边亭中游玩至日色已暮,沉迷在优美的景色中忘记了回家的路。尽兴以后大家乘着夜色赶快划船回家,却不小心进入了荷花丛的深处。争着划呀，争着划呀，满滩的鸥鹭受到惊扰飞了起来。

鉴赏

这首词是李清照早期的代表作之一，以其清新自然的笔触和生动有趣的情节，展现了词人年轻时无忧无虑的生活状态和活泼开朗的性格特点，赢得了无数读者的喜爱和赞赏。

词的首句"常记溪亭日暮"便直接点明了时间和地点，将读者带入了一个优美的自然环境中。接着，"沉醉不知归路"一句，既揭示了词人因沉醉于美景而忘记归途的情景，又曲折地传达出词人流连忘返的情致，令人仿佛能感受到她当时的愉悦与满足。

"兴尽晚回舟，误入藕花深处"两句，则进一步描绘了词人尽兴游玩后，在夜色中划船回家的情景。然而，因为沉醉而迷路，词人竟然误入了荷花丛的深处。这一情节的设置，既增添了词作的趣味性，又凸显了词人天真烂漫的性格特点。

"争渡，争渡，惊起一滩鸥鹭"是词中的高潮部分。词人急于从迷途中找寻出路的焦灼心情，通过"争渡"的反复呼唤得到了生动的体现。"惊起一滩鸥鹭"的描写，则更是将这一情景推向了高潮，使得整个画面充满了动态感和生命力。

这首词的语言简练自然，流畅生动，词人通过选取几个典型的片段，将移动着的风景和自身怡然的心情巧妙地融合在一起，使得整首词既具有画面感又具有情感深度。同时，词人巧妙地运用了白描的手法，以简洁明快的笔触勾勒出了自然景物的轮廓和人物的情感状态，使得整首词充满了艺术魅力。

此外，这首词还体现了李清照独特的艺术风格和女性词人特有的细腻情感。她以女性特有的敏感和细腻捕捉生活中的美好瞬间，并将其转化为优美的词句呈现给读者。同时，她善于将自己的情感融入自然景物之中，通过借景抒情的手法表达内心的喜怒哀乐。

名家集注

吴小如《诗词札丛》：我以为"争"应作另一种解释，即"怎"的同义字。这在宋词中是屡见不鲜的。"争渡"即"怎渡"，这一叠句乃形容泛舟人心情焦灼，千方百计想着怎样才能把船从荷花丛中划出来，正如我们平时遇到棘手的事情辄呼"怎么办""怎么办"的口吻。不料左右盘旋，船却总是走不脱。这样一折腾，那些已经眠宿滩边的水鸟自然会受到惊扰，扑拉拉地群起而飞了。检近人王延梯《漱玉集注》，"争"正作"怎"解，可谓先得我心。

刘石《宋词鉴赏大辞典》：这首小令用词简练，只选取了几个片断，把移动着的风景和作者怡然的心情融合一起，写出了作者青春年少时的好心情，让人不由想随她一道荷丛荡舟，沉醉不归。正所谓"少年情怀自是得"，这首诗（词）不事雕琢，富有一种自然之美。

龙榆生《漱玉词叙论》：矫拔空灵，极见襟度之开拓。

唐圭璋，钟振振《宋词鉴赏辞典》：这首词形象生动逼真，语言自然优美，表现了李清照早期词用白描法引出新思、取寻常语度入音律的艺术特色。有人以为是苏轼的作品（《草堂诗余》），甚至以为是吕洞宾的词（《古今词话》），都是没有理解李清照词一扫香而弱的词风，不作女儿态的词语的一种独特之处。

姜夔

姜夔（约1155—1209），字尧章，号白石道人，饶州鄱阳（今江西省鄱阳县）人。南宋文学家、音乐家，被誉为中国古代十大音乐家之一。

姜夔才华横溢，精通音律，能自度曲，其词格律严密，作品素以空灵含蓄著称。他少年孤贫，屡试不第，终生未仕，一生转徙江湖，靠卖字和朋友接济为生。其诗词文章，书法音乐，无不精善，是继苏轼之后又一难得的艺术全才。他的词题材广泛，有感时、抒怀、咏物、恋情、写景、记游、节序、交游、酬赠等，抒发了自己流落江湖的感时伤世思想以及超凡脱俗的个性。

姜夔有《白石道人诗集》《白石道人歌曲》《续书谱》等著作传世，对后世产生了深远影响。

扬州慢（淮左名都）

淳熙丙申至日，予过维扬。夜雪初霁，荠麦弥望。入其城，则四顾萧条，寒水自碧，暮色渐起，戍角悲吟。予怀怆然，感慨今昔，因自度此曲。千岩老人以为有《黍离》之悲也。

淮左名都，竹西佳处，解鞍少驻初程。过春风十里，尽荠麦青青。自胡马窥江去后，废池乔木，犹厌言兵。渐黄昏，清角吹寒，都在空城。

杜郎俊赏，算而今、重到须惊。纵豆蔻词工，青楼梦好，难赋深情。二十四桥仍在，波心荡、冷月无声。念桥边红药，年年知为谁生？

　　淳熙三年（1176）冬至这天，我经过扬州。夜雪初晴，放眼望去，满眼是荠草和麦子。进入扬州城，一片萧条，河水碧绿凄冷，天色渐晚，城中响起凄凉的号角声。我内心惆怅感伤，感慨于扬州城今昔的变化，于是自创了这首词曲。千岩老人认为这首词有《黍离》的悲凉意蕴。

　　扬州自古是淮南东路的名城，竹西亭是风景秀美的地方，解下马鞍，暂停我初次的旅程。经过昔日春风十里繁华的扬州路，如今却是荠麦青青。自从金兵南侵之后，就连荒废的池苑和高大的古树，都厌恶说起刀兵。临近黄昏，凄清的号角在寒冷中吹响，这都是在劫后的扬州城。

　　杜牧有卓越的鉴赏能力，料想今天他重来此地一定吃惊。即使"豆蔻"词语精工，青楼美梦的诗意很好，也难抒写此刻深情。二十四桥仍然还在，水中央波光荡漾，一轮冷月寂静无声。想桥边的红芍药，年年花叶繁茂，可又有谁知道它是为谁而生？

　　《扬州慢》（淮左名都）是南宋文学家姜夔的代表作之一，此词为作者初到扬州时所作，全词洗尽铅华，用雅洁洗炼的语言，描绘出凄淡空蒙的画面，笔法空灵，寄寓深长，声调低婉，具有清刚峭拔之气势，冷僻幽独之情怀。

　　词中描绘了扬州城的今昔对比，突出了词人对于历史沧桑和家国兴衰的深沉感慨。开头的"淮左名都，竹西佳处"，展现了词人对扬州城昔日繁华景象的向往和追忆。然而，紧接着的"过春风十里，尽荠麦青青"，则让人感受到词人目睹的扬州城已经变得萧条零落，不复往日的繁华。这种对比使得词中的情感更加深沉，让人对扬州城的兴衰变化产生强烈的共鸣。

此外，词人还通过描绘自然景色和季节变化来抒发情感，如"渐黄昏，清角吹寒，都在空城"，通过黄昏时分的号角声和寒冷的气息，烘托出扬州城的荒凉和落寞。"二十四桥仍在，波心荡、冷月无声"，则通过对桥和月景的描绘，进一步增强了词中的凄凉氛围。

在整体风格上，这首词以白描的手法为主，语言简练而富有韵味，情感深沉而真挚。词人通过细腻的描绘和深入的思考，将扬州城的兴衰变化与个人的情感变化巧妙地融合在一起，使得整首词既具有历史感和现实感，又具有深刻的思想内涵和独特的艺术魅力。

名家集注

宋·张炎《词源》：《扬州慢》等曲，不惟清空，又且骚雅，读之使人神观飞越。又：词中句法，要平妥精粹。一曲之中，安能句句高妙？只要拍搭衬副得去，于好发挥笔力处，极要用工，不可轻易放过，读之使人击节可也。如……姜白石《扬州慢》云："二十四桥仍在，波心荡，冷月无声。"此皆平易中有句法。

清·陈廷焯《白雨斋词话》：数语写尽兵燹后情景逼真；"犹厌言兵"四字，包括无限伤乱语，他人累千百言，亦无此韵味。

蔡义江《宋词三百首全解》：这是姜夔词中极少有的写历史性现实题材的代表作，也是有确切纪年的最早的一首，当时他才二十余岁。扬州在唐代是最繁华的都市之一。俗谚云："腰缠十万贯，骑鹤上扬州。"又有诗云:"天下三分明月夜,二分无赖是扬州。"晚唐诗人张祜曾描述其盛况云:"夜市千灯照碧云,高楼红袖客纷纷。如今不似升平日,犹自笙歌彻宵闻。"北宋时代,扬州仍处于长江运河航运贸易的枢纽地位。南宋初,经金兵两次南侵,烧杀掳掠,扬州蒙受了空前浩劫。姜夔过其地,亲见了这座名城残破的荒凉景象,写下了这首充满"黍离之悲"、被历来传诵的不朽杰作。词体颇似鲍照的《芜城赋》;《扬州慢》的词调是他自创的。

鹧鸪天(柏绿椒红事事新)

柏绿椒红事事新,隔篱灯影贺年人。三茅钟动西窗晓,诗鬓无端又一春。

慵对客,缓开门,梅花闲伴老来身。娇儿学作人间字,郁垒神荼写未真。

译文

新春佳节到来,柏树叶子翠绿,椒树开着红花,到处是一片新气象。隔着篱笆墙,灯影幢幢,人们正在欢度春节。三茅宫的钟声在黎明时分响起,不知不觉间,又迎来了一个春天。

节日里懒于应酬,只是缓缓地把门打开。闲来无事,梅花陪伴着我这个老翁。小儿正在学习写字,可是把郁垒和神荼的名字写得还不太真切。

鉴赏

这首词通过描绘节日的喜庆气氛和作者的生活状态,展现了作者对生活的热爱和对未来的期待。

词的首句"柏绿椒红事事新"，以鲜明的色彩勾勒出新春的生机与活力。柏树叶子翠绿，椒树红花绽放，象征着新一年的开始，万事万物都焕发出新的生机。词人通过这一景象，传达出对新春的喜悦和期待。

接下来，"隔篱灯影贺年人"一句，将视线转向节日的庆祝活动。隔着篱笆，可以看到灯影幢幢，感受到节日的热闹和喜庆。这种场景描绘，既展现了节日的盛况，也突出了词人对节日氛围的敏锐捕捉。"三茅钟动西窗晓"一句，则通过钟声的悠扬，暗示着新的一天的开始。词人通过听觉的描写，将读者带入到一个清新、宁静的早晨，让读者感受到节日的宁静与和谐。

然而，词人并没有完全沉浸在节日的喜庆中，接下来的"诗鬓无端又一春"一句，透露出词人对于时光流逝的感慨。词人感叹岁月无情，自己又度过了一个春天，这种对时光流逝的敏感和无奈，使得词的情感更加深沉。

在下片中，词人进一步描绘了自己的生活状态。"慵对客，缓开门"，词人表现出一种慵懒、闲适的态度，似乎对节日的应酬并不热衷。这种态度既反映了词人的性格特点，也暗示了他对节日的热闹和喧嚣的一种疏离感。

"梅花闲伴老来身"一句，则通过梅花的意象，增添了词境的清雅和幽逸。梅花在寒冬中绽放，象征着坚忍和高洁，词人借此表达了自己对生活的淡然和超脱。

最后，"娇儿学作人间字，郁垒神荼写未真"两句，以小儿学写字的趣事作结，既增添了词的趣味性，也体现了词人对于生活的热爱和关注。

清·陈廷焯《白雨斋词话》：感慨时事，发为诗歌，便能动人心魄。

宋·杨万里：白石道人（姜夔号）之词，清新脱俗，有出尘之致。

明·王世贞《弇州山人词评》：美成（周邦彦）词极其感慨，而无处不郁；白石（姜夔）极其超脱，而无处不隽。

鹧鸪天（辇路珠帘两行垂）

辇路珠帘两行垂，千枝银烛舞僛僛。东风历历红楼下，谁识三生杜牧之。

欢正好，夜何其。明朝春过小桃枝。鼓声渐远游人散，惆怅归来有月知。

译文

皇家车马所经的道路两旁珠帘高卷，一排排红烛随风摇摆。在东风的吹拂中，我欢乐地来到红楼下，可是有谁认识我呢？

欢会正浓，夜却将尽。明朝春天到来时，小桃树上已开满了花。鼓声渐远，游人散去，剩下的是一片凄凉。我满怀惆怅地归来，只有天上的明月知道我内心的痛苦。

鉴赏

这首词以其深邃的意境和独特的艺术魅力赢得了广泛的赞誉。这首词通过描绘皇家车马所经的道路及宫廷景象，不仅展现了词人对于华丽与庄重的追求，更在字里行间流露出词人对于人生、爱情以及时光流转的深刻思考。

首先，从词的意象构造来看，词人巧妙地运用了"辇路""珠帘""银烛"等象征皇家气派和富贵繁华的元素，构建出一个金碧辉煌、庄严肃穆的宫廷世界。这样的描绘不仅展示了词人高超的艺术表现力，还为后文的情感抒发奠定了坚实的基础。

其次，在情感表达上，词人通过借用杜牧的典故，以"谁识三生杜牧之"一句，表达了自己对于欢会时光的珍视和对于人生无常的感慨。杜牧作为唐代著名的诗人，其才华横溢却命运多舛，词人以此自喻，既表达了对杜牧才华的钦佩，也抒发了自己对于人生际遇的无奈和感慨。

再次，词人还通过描绘"东风历历红楼下"的景象，以及"鼓声渐远游人散"的情境，进一步渲染出词人心中的惆怅和落寞。这种情感并非简单的忧伤或悲痛，而是词人对于时光流转、繁华落尽的深刻体悟。词人通过细腻入微的笔触，将这种情感表达得淋漓尽致，使读者能够深切感受到词人内心的波澜起伏。

最后，从艺术风格来看，这首词继承了姜夔一贯的清新脱俗、婉约柔美的风格特点。词人运用优美的语言和丰富的意象，营造出一种朦胧而深邃的艺术境界。同时，词人善于运用对比和象征等手法，将现实与理想、繁华与落寞、欢乐与惆怅等对立元素巧妙地融合在一起，使得整首词充满了张力和韵味。

名家集注

清·陈廷焯《白雨斋词话》：白石词极精雅，有隽永之致。《鹧鸪天·辇路珠帘两行垂》一阕，尤见清超。

清·周济《宋四家词选》：白石脱胎稼轩，变雄健为清刚，变驰骤为疏宕，盖二公皆极热中，故气味吻合，辛宽姜窄，宽故容藏，窄故斗硬。又云：白石小序甚可观，苦与词复，若序其缘起，不犯词境，斯为两美矣。

念奴娇（昔游未远）

昔游未远，记湘皋闻瑟，沣浦捐褋。因觅孤山林处士，来踏梅根残雪。獠女供花，伧儿行酒，卧看青门辙。一丘吾老，可怜情事空切。

曾见海作桑田，仙人云表，笑汝真痴绝。说与依依王谢燕，应有凉风时节。越只青山，吴惟芳草，万古皆沉灭。绕枝三匝，白头歌尽明月。

译文

曾经游览的地方并不算远，我还记得在湘水边听人弹奏瑟曲，在沣水边抛弃那旧日的衣衫。我特意去寻访孤山隐居的林逋，踏着他那梅树下残存的积雪。蛮女们献上鲜花，村夫们斟上美酒，我卧看着青门车马留下的辙迹。我想隐居在那小山丘上，可叹这愿望终于落空，只留下深深的悲切。

我曾经看到沧海变为桑田，又看到仙人飞上高高的云天，笑你真是痴愚到了极点。我把这些话告诉那依依飞翔的王谢堂前燕，应该会有凉风萧瑟的时节。吴越之地只剩下青山依旧，芳草萋萋，自古以来多少事都已灰飞烟灭。我绕着树枝转了三周，满头白发地对着明月长歌一曲。

这首词以其深邃的意境和细腻的情感，展示了词人对于往昔游历的深深怀念以及对于人生无常的感慨。

首先，从词的开篇"昔游未远"便引领读者进入词人回忆的世界。他通过"湘皋闻瑟，沣浦捐褋"等描绘，展现了一幅富有诗意的画面，使读者仿佛能够听到那悠扬的瑟声，看到那飘落的衣衫，从而感受到词人对于往日游历的深深眷恋。

接着，"因觅孤山林处士，来踏梅根残雪"一句，词人借寻找林逋的足迹，表达了自己对于隐逸生活的向往。同时，通过"踏梅根残雪"的描绘，进一步烘托出词人内心的孤寂和清冷。

然后，词人笔锋一转，通过描绘"獠女供花，伧儿行酒"的热闹场面，与前面的清冷形成鲜明对比，进一步突出了词人内心的矛盾与挣扎。这种矛盾不仅体现在词人对于隐逸与世俗生活的选择上，也体现在他对于过去与现在的思考中。

在词的下片，词人通过"曾见海作桑田，仙人云表，笑汝真痴绝"等句，表达了自己对于人生无常、世事难料的感慨。他以沧海桑田、仙人飞升等自然现象为喻，暗示了人生的短暂与渺小，也借此嘲笑那些执着于世间名利的人，认为他们才是真正的"痴绝"。

最后，"越只青山，吴惟芳草，万古皆沉灭"一句，词人进一步强调了时间的无情和历史的无情。无论是越地的青山还是吴地的芳草，都会随着时间的流逝而消失，更何况是那些短暂的人生呢？这种对于时间和历史的深沉思考，使得整首词的情感更加深沉和厚重。

名家集注

清·陈廷焯《白雨斋词话》：白石词极精妙，不减清真。其高处有美成所不能到者，其低处即美成亦不能及。

清·刘熙载《艺概》：白石才子之词，稼轩豪杰之词。才子、豪杰，各从其类爱之，强论得失，皆偏辞也。

暗香（旧时月色）

辛亥之冬，予载雪诣石湖。止既月，授简索句，且征新声。作此两曲，石湖把玩不已，使工妓肆习之，音节谐婉，乃名之曰《暗香》《疏影》。

旧时月色，算几番照我，梅边吹笛。唤起玉人，不管清寒与攀摘。何逊而今渐老，都忘却、春风词笔。但怪得、竹外疏花，香冷入瑶席。

江国，正寂寂，叹寄与路遥，夜雪初积。翠尊易泣，红萼无言耿相忆。长记曾携手处，千树压、西湖寒碧。又片片、吹尽也，几时见得？

译文

辛亥年冬天，我冒雪去拜访石湖居士。居士留我住了一个多月，给我展示简牍请求我创作新曲，还征求新制的曲调，于是我创作了这两首词。石湖居士吟赏不已，让歌妓们练习演唱，音节和谐婉转，于是就将它们命名为《暗香》和《疏影》。

昔日的月色曾几次照着我在梅花树边吹笛？那玉人般的梅花被唤醒，不管雪压冰寒，依然与我相伴相携。而今我像何逊渐渐老去，忘却了昔日春风般绚丽的辞采和文笔。只怪竹外的梅花，其冷香袭入我的座席。

江南水乡正是一片寂静，感叹梅花虽好，但路途遥远，难寄相思。面对这翠色的酒杯，我容易感伤落泪，又恐红梅无言，只能耿耿于怀，相忆不已。还记得当年与她携手共游之处，千树梅花压满了枝头，西湖上泛着清寒的波光。那梅花一片片随风飘飞，何时才能重见它的美姿？

鉴赏

本首词以其独特的艺术风格和深刻的情感内涵而著称，借咏梅花抒发对往日恋人的眷恋之情，也寄托了作者的身世之感。

从开篇的"旧时月色，算几番照我，梅边吹笛"可以看出，词人通过回忆旧时月色下的梅花与笛声，营造出一种清雅脱俗的氛围。这种氛围不仅展现了词人对美好往事的怀念，还暗示了他高洁的情操和不凡的才情。

"唤起玉人，不管清寒与攀摘"一句，通过描绘词人与恋人冒着清寒攀折梅花的情景，展现了他们之间的深情厚意。这里的"玉人"既指恋人，也象征着梅花，二者相互映衬，使得整个画面更加生动和富有诗意。"何逊而今渐老，都忘却、春风词笔"一句，词人借何逊之典，感叹自己年华已逝，诗情锐减。这种感叹不仅表达了对青春消逝的无奈，还透露出对往日美好时光的深深怀念。

在词的下片，词人通过进一步描绘江南水乡的静寂、夜雪的初积等景象，营造出一种孤寂冷清的氛围。这种氛围与词人内心的孤寂和失落相呼应，使得整首词的情感更加深沉和动人。

最后，"又片片、吹尽也，几时见得"一句，词人借梅花的凋落来表达自己内心的感伤和迷惘。这种迷惘不仅是对恋人的思念，也是对自己未来的不确定和对人生意义的探寻。

名家集注

宋·张炎《词源》：诗之赋梅惟和靖一联而已。世非无诗，不能与之齐驱耳。词之赋梅，惟姜白石《暗香》《疏影》二曲，前无古人，后无来者，自立新意，真为绝唱。太白云："眼前有景道不得，崔颢题诗在上头。"诚哉是言也。

明·杨维桢《东维子集》：元松陵陆子敬居分湖之北，垒石为山，树梅成林，取姜白石词语，名其轩曰"旧时月色"。

清·先著、程洪《词洁辑评》：落笔得"旧时月色"四字，便欲使千古作者皆出其下。咏梅嫌纯是素色，故用"红萼"字，此谓之破色笔。又恐突然，故先出"翠尊"字配之。说来甚浅，然大家亦不外此。用意之妙，总使人不觉，则烹锻之工也。美成《花犯》云："人正在、空江烟浪里。"尧章云："长记曾携手处，千树压、西湖寒碧。"尧章思路，却是从美成出，而能与之埒，由于用字高，炼句密，泯其来踪去迹矣。

清·周济《宋四家词选》：前半阕言盛时如此，衰时如此。后半阕想其盛时，感其衰时。

彭玉平《唐宋词举要》：王国维说此词"格调虽高，然无一语道着"（《人间词话》），意思是没有在梅花的形态、精神上着力。王国维词学的核心是要讲境界，而境界的一个重要标准就是"语语都在目前"。姜词语语空灵渊深，显然与王国维的词学观有着隔膜。

张炎

张炎（1248—1320），南宋著名词人，字叔夏，号玉田，又号乐笑翁。他出生于先世居凤翔府成纪（今甘肃省天水市）的贵族家庭，后定居临安（今浙江省杭州市）。

张炎前半生生活豪奢而清雅，纵情湖山，流连诗酒。然而，随着元军攻破临安，他开始了落魄王孙的生活，行踪多在杭州、绍兴一带。

张炎的词作以清空骚雅为主张，多写个人哀怨并长于咏物，寄托了乡国衰亡之痛，是宋词的最后一位重要词作者。他的词作情感真挚，意境深远，对后世产生了深远的影响。

清平乐（候蛩凄断）

候蛩凄断，人语西风岸。月落沙平江似练，望尽芦花无雁。暗教愁损兰成，可怜夜夜关情。只有一枝梧叶，不知多少秋声！

译文

蟋蟀的哀鸣声凄切而悲怆，西风吹过江岸，带来了人们的低语声。月儿落下，沙洲显得无比平阔，江水如同白色的绸带一般，平滑而静谧。然而，在这广阔的江面上，望尽芦花，却不见一只大雁的踪影。

这景象让我愁绪暗生，如同庾信当年那般深深忧虑。这忧愁和思念，夜夜萦绕在心头。眼前只有一枝梧桐叶，却不知响起多少秋声。

鉴赏

整首词以细腻的笔触描绘了秋天的萧瑟景象，通过哀鸣的蟋蟀、低语的西风、静谧的月落、飘零的梧叶等意象，传达出词人深深的秋思和愁绪，表达了词人的羁旅之愁和家国之思，具有深厚的艺术内涵和社会意义。

首先，词的上片以"候蛩凄断"开篇，奠定了整首词的凄清基调。候蛩即蟋蟀，其哀鸣声凄切，预示着秋天的来临。西风萧瑟，吹拂着江岸，使得整个场景更加凄凉。接着，"月落沙平江似练"一句，以简练的语言描绘了月落之后江面的宁静与空旷，给人一种清冷之感。"望尽芦花无雁"则进一步渲染了秋天的孤寂与落寞，芦花飘摇，却不见大雁的踪影，暗示着离人的孤寂与无助。

下片则通过"暗教愁损兰成"等句，深入表达了词人的愁绪。兰成即庾信，此处借指词人自己。词人将自己的愁苦与庾信的遭遇相联系，表达了对家国不幸的哀痛与感慨。"可怜夜夜关情"则揭示了词人内心的思念与忧虑，这种情感并非一时之感，而是夜夜萦绕，无法释怀。最后，"只有一枝梧叶，不知多少秋声"以梧叶的飘零和秋声的萧瑟作为结尾，既是对前面秋景的延续，又是对词人内心情感的进一步渲染。

这首词在艺术手法上也非常出色。词人巧妙地将自然景物与人物情感紧密地结合在一起，使得整首词情感真挚、意境深远。同时，词人善于运用细腻的描绘和生动的语言，将秋天的萧瑟和词人的愁绪展现得淋漓尽致，令人仿佛置身其中，感同身受。

此外，这首词还具有一定的社会意义。它反映了南宋末年社会动荡、人民流离失所的现实，表达了词人对家国不幸的深深忧虑和感慨。这种情感不仅是个人的愁苦与哀思，还是对整个时代的反思与批判，具有深刻的历史内涵。

清·陈廷焯《白雨斋词话》：玉田工于造句，每令人拍案叫绝，如《清平乐》"只有一枝梧叶，不知多少秋声"，此类皆"精警无匹"。

唐圭璋，钟振振《宋词鉴赏辞典》：张炎于五十三岁（1300）飘荡到苏州吴江，栖身于其学生陆辅之家中。陆有一位"才色皆称"的歌妓，名唤"卿卿"。某个秋日，张炎为主人及卿卿作了一首《清平乐》词："候虫凄断，人语西风岸。月落沙平流水漫，惊见芦花来雁。可怜瘦损兰成，多情只为卿卿。只有一枝梧叶，不知多少秋声。"（以上据《珊瑚网》卷八）但是现在见于《山中白云词》中的定稿，却有了较大的改动。细味一下此中的修改，大有深意存焉。原作之意，无非是写一点"花情柳思"（亦即词中"多情只为卿卿"一句所揭示的那种风流艳情），但修改以后，却由艳情转向了"愁情"——这种令人"夜夜关情"的悲秋之感，说穿了，便是一种深沉的家国身世之感！两相比较，便可见出后者在主题方面的深化。不过，身处异族统治之下，张炎的家国身世之感是不便明言的。好在词人有的是办法，因此他便借用传统的"悲秋"题材，明写其"秋感"之萧瑟，而暗写其心灵上蒙受的亡国破家之"愁感"。

解连环·孤雁

楚江空晚。怅离群万里，恍然惊散。自顾影、欲下寒塘，正沙净草枯，水平天远。写不成书，只寄得、相思一点。料因循误了，残毡拥雪，故人心眼。

谁怜旅愁荏苒。漫长门夜悄，锦筝弹怨。想伴侣、犹宿芦花，也曾念春前，去程应转。暮雨相呼，怕蓦地、玉关重见。未羞他、双燕归来，画帘半卷。

译文

在空阔的楚江之上，暮色已降临，我这只孤独的雁，突然之间被惊散，已经与雁群相隔万里。我顾影自怜，想要飞下寒塘，只见眼前一片草枯沙净，江水平阔，一直延伸到遥远的天边。孤单的我无法与同伴排成字形飞翔，只能将我的相思情意，化作一点哀愁寄出。我生怕因我的徘徊迁延，会耽误了北地那些吞毡嚼雪的故人，他们正期盼着我的信息，怀念着故乡。

谁会可怜我长途飞行的艰难呢？这让我想起了深夜孤居长门宫的皇后，她以锦筝弹奏出心中的无限幽怨。我料想我的伙伴们此刻还栖息在芦花丛中，他们是否也正惦念着我，期盼我在春天到来之前，能转程从旧路飞回北边。我仿佛听到他们在暮雨中的声声呼唤，只怕在边塞突然相见，我会悲喜交集，泪眼婆娑。然而，当双燕归来，栖息于画帘半卷的房檐时，我心中却没有丝毫的羞惭。

鉴赏

这首词是一首咏物词，词人以孤雁自喻，通过描绘孤雁的凄凉处境和对伴侣的思念，表达了词人深切的离群之感和对故人的思念之情。

首先，从艺术手法上看，这首词构思巧妙，体物细腻。词人通过对孤雁形象的生动描绘，将其离群后的孤独、迷惘和思念展现得淋漓尽致。从"楚江空晚"到"暮雨相呼"，词人将孤雁置于一个广阔而空旷的背景中，使其形单影只的形象更加鲜明。同时，词人通过对孤雁的心理刻画，如"怅离群万里，恍然惊散"和"写不成书，只寄得、相思一点"，表达了其内心的迷惘和思念之情。

其次，从情感表达上看，词人借孤雁之口，抒发了自己的家国之痛和漂泊之苦。孤雁的形象，实际上也是词人自身遭遇的写照。在宋亡之后，词人如同这只孤雁一般，失去了家园和亲人，漂泊无依。他通过对孤雁的描绘，表达了自己对故国的思念和对生活的无奈。

最后，这首词还具有一定的社会意义。它反映了宋末元初时期的社会动荡和人民的苦难生活。词人通过对孤雁的描绘，表达了对那个时代的不满和对人民疾苦的同情。这种情感不仅是个人的哀怨和感慨，还是对整个时代的反思和批判。

名家集注

元·孔齐《至正直记》：张炎尝赋孤雁词，有云"写不成书，只寄得、相思一点"。人皆称之曰张孤雁。

唐圭璋《唐宋词简释》：此首咏孤雁。"楚江"两句，写雁飞之处。"自顾影"三句，写雁落之处。"离群""顾影"，皆切孤雁。"写不"两句，言雁寄相思，写出孤雁之神态。"料因循"两句，用苏武雁足系书事，写出人望雁之切。换头，言雁声之悲。"想伴侣"三句，悬想伴侣之望己。"暮雨"两句，言己之望伴侣。末以双燕衬出孤雁之心迹。

八声甘州（记玉关、踏雪事清游）

辛卯岁，沈尧道同余北归，各处杭、越。逾岁，尧道来问寂寞，语笑数日，又复别去。赋此曲，并寄赵学舟。

记玉关、踏雪事清游，寒气脆貂裘。傍枯林古道，长河饮马，此意悠悠。短梦依然江表，老泪洒西州。一字无题处，落叶都愁。

载取白云归去，问谁留楚佩，弄影中洲？折芦花赠远，零落一身秋。向寻常野桥流水，待招来、不是旧沙鸥。空怀感，有斜阳处，却怕登楼。

译文

在辛卯年，沈尧道与我一起北归，之后我们各自分别居住在杭州和越州（今浙江绍兴）。过了一年，沈尧道前来拜访我，那时我深感孤独和寂寞，我们在一起谈天说地，欢笑数日。然而，他又再次离开了。为了表达我的情感，我创作了这首曲子，并同时送给赵学舟。

记得当年，我们一同到玉门关踏雪寻游，那凛冽的寒气，连貂裘都难以抵挡。我们沿着枯林中的古道前行，在长河旁饮马，那份情怀，至今依然悠悠在心。在短暂的梦境过后，我依然身处江南，老泪洒满了西州。想要题诗寄意，却觉得连落叶都充满了愁绪，无法下笔。

我愿载着满船的白云归去，试问谁还会在洲中弄影，留下那楚佩的芬芳？我折下芦花赠给远方的友人，自己却落得一身秋意，零落孤寂。我向那寻常的野桥流水望去，期待能招来旧日的沙鸥，然而它已不再是昔日的伴侣。我心中空有感慨，每当夕阳西下时，我却害怕登上高楼。

鉴赏

这首词以唯美的笔触描绘了词人与友人分别后的思念与感

慨，通过对北游生活的回忆，抒发了词人深沉的故国之思和身世之感。整首词情感真挚，意境深远，艺术手法精湛，读来令人陶醉。

《八声甘州》（记玉关、踏雪事清游）是张炎的一首怀旧之作，全词以深邃的情感和细腻的笔触，描绘出了一幅幅动人的画面，表达了词人对往日友情的深深怀念和对时光流转的无限感慨。

词的上片，以"记玉关、踏雪事清游"起笔，开篇即点出北游之事，将读者带入了一个清寒而深远的境界。词人用"寒气脆貂裘"形容北地严寒，使得整个场景更加生动真实。接着，"枯林古道，长河饮马"等句，进一步描绘出北地苍凉而壮阔的风光，为下文的情感抒发奠定了基调。"此意悠悠"一句，则透露出词人对那段经历深深的怀念。

下片转入对友人的思念。"短梦依然江表，老泪洒西州"两句，将词人的思绪拉回到现实，那短暂的梦境仿佛还在眼前，然而醒来后却是泪洒西州，无限悲凉。这里，"老泪"二字，既表达了词人的年岁已高，又透露出他内心的深深哀痛。接着，"一字无题处，落叶都愁"一句，更是将词人的愁绪表达得淋漓尽致。

全词以"空怀感，有斜阳处，却怕登楼"作结，既表达了词人深深的怀念和感慨，又透露出他对未来的迷惘和无奈。斜阳下的登楼远眺，仿佛是对过去的一种回望，也是对未来的一种期许，然而词人却"怕登楼"，因为那无尽的回忆和感慨会让他无法承受。

这首词在艺术手法上也非常出色。词人通过丰富的意象和生动的描绘，将北地的风光和词人的情感完美地融合在一起，使得整首词既具有画面感，又充满了情感色彩。同时，词人善于运用典故和象征手法，使得词作更加含蓄而深沉。

张

炎

名家集注

俞陛云《唐五代两宋词选释》：上阕"短梦"以下四句能用重笔，力透纸背，为《白云词》中所罕有。"折芦花"二句传诵词苑，咸推名句。

夏承焘《宋词鉴赏辞典》：《八声甘州》是个声情既激越又缠绵的高调（毛文锡《甘州遍》："美人唱，揭调是《甘州》。"揭调，即高调），因上下阕共八韵，故以"八声"为名。张炎择用此调来写他悲中带壮、凄怆怨悱的亡国之痛，是恰到好处的。全词一气旋折，哀绪纷来，令人唏嘘生悲，感慨万分，是他集中的一首佳篇。

月下笛（万里孤云）

孤游万竹山中，闲门落叶，愁思黯然，因动黍离之感。时寓甬东积翠山舍。

万里孤云，清游渐远，故人何处？寒窗梦里，曾记经行旧时路。连昌约略无多柳，第一是、难听夜雨。谩惊回凄悄，相看烛影，拥衾谁语？

张绪，归何暮？伴冷落依依，短桥鸥鹭。天涯倦旅，此时心事良苦。只愁重洒西州泪，问杜曲、人家在否？恐翠袖、正天寒，犹倚梅花那树。

译文

我独自一人在万竹山中游览，只见门庭清闲冷落，落叶满地，不禁暗生愁绪，又触动了亡国的悲痛。当时寓居在甬东积翠山舍。

万里长空，只有一片孤云在飘荡，清寂地浮游着渐飘渐远，故人如今身在何方？在寒冷的窗下做着梦，梦中依然记得曾经走过的那条路。那连昌宫的杨柳大概也所剩无几，最难以承受的是听到那渐渐沥沥的夜雨。这梦让我从凄清的情景中惊醒过来，只见摇曳的烛影，身边却无人与我共语。

我的老友张绪，为何迟迟不归？短桥边鸥鹭尚存，只是已经零落稀少。我疲倦地羁旅于天涯，此时心事凄楚。只怕又会重洒西州泪，不知那杜曲人家如今是否仍在？恐怕她翠袖单薄，正当天寒日幕之际还在倚靠着梅花树吧。

鉴赏

《月下笛》（万里孤云）是张炎抒发其遗民心态的一首词，以其深邃的意境和真挚的情感赢得了广泛的赞誉。这首词通过孤云、夜雨、断桥、鸥鹭等意象的描绘，以及词人深沉的情感表达，展现了他对故国的思念和飘零天涯的凄苦之情。

首先，词以"万里孤云"起兴，孤云在诗词里常用来喻人，蕴含了特定的感伤。这里的"孤云"不仅是词人张炎的化身，更代表了他孤独、漂泊的境遇和心情。随后，"清游渐远，故人何处？"直接点出了词人对故人的思念和追寻，但故人已远，只留下无尽的惆怅和迷惘。

在梦中，词人回到了曾经走过的路，但连昌宫的柳树也已衰残无几，夜雨淅沥更是增添了凄凉。这种梦中的景象与现实的对比，更加凸显了词人内心的痛苦和无奈。当词人从梦中惊醒，只见摇曳的烛影，身边却无人共语，这种孤独和寂寞的感觉被刻画得淋漓尽致。

词的下片以"张绪"自拟，既表达了词人对故友的思念，也暗含了对自身境遇的感慨。张绪是南齐时人，风流可爱，而此时的词人却已衰落如蒲柳。这种对比更凸显了词人内心的凄凉和无奈。"归何暮"一句，既是对张绪的询问，也是词人对自己漂泊生涯的反思和感叹。

最后，"恐翠袖、正天寒，犹倚梅花那树"一句，词人将情感投射到一个具体的形象上，想象着故人在天寒时节仍倚梅而立的情景，既表达了对故人的深深思念，也寄寓了自己对故国的眷恋和怀念。

整首词情感真挚，意境深远，词人通过细腻的笔触和深沉的情感表达，成功地将自己的遗民心态和漂泊生涯展现得淋漓尽致。

名家集注

清·陈廷焯《别调集》：骨韵奇高，词意兼胜，白石老仙之后劲也。

俞陛云《唐五代两宋词选释》：此词从《词综》补录。白云集中，每隐寓君国之思，此则明言《黍离》之感，抚连昌杨柳，访杜曲门庭，亡国失家之痛，并集于怀矣。

南浦·春水

波暖绿粼粼，燕飞来，好是苏堤才晓。鱼没浪痕圆，流红去，翻笑东风难扫。荒桥断浦，柳阴撑出扁舟小。回首池塘青欲遍，绝似梦中芳草。

和云流出空山，甚年年净洗，花香不了？新绿乍生时，孤村路，犹忆那回曾到。余情渺渺，茂林觞咏如今悄。前度刘郎归去后，溪上碧桃多少。

水温渐暖，湖面波光粼粼，一片生机盎然。燕子翩然归来，正是苏堤春晓时分。鱼儿在水中畅游，留下圆圆的波纹，仿佛在嘲笑东风不能将落花清扫干净。在荒僻的小桥下，扁舟从柳荫深处轻轻驶出。回头望去，池塘里青草繁茂，仿佛梦中的芳草之地。

溪水与白云一同流出空山，年复一年地冲刷着落花，但花香却经久不散。当我行走在孤村路上，新绿刚刚萌生，不禁回想起曾在这里与友人欢聚的情景。然而，往日的欢愉已成为过去，只留下满腔余情难以言表。上次游玩的地方，溪上的碧桃又增加了多少呢？

这首词以春水为描写对象，通过细腻的笔触和生动的意象，展现出了春日的生机与活力，同时寄寓了词人深沉的情感和人生感悟。

上片开篇即点题，以"波暖绿粼粼"三句描绘出春日西湖的明媚与生机。词人用绿波、归燕和苏堤三个意象，勾勒出一幅生机勃勃的春景图。随后，词人又用鱼没、流红和东风三个动态的意象，与前文相互应和，将春景细腻传神地刻画出来。其中，"鱼没浪痕圆"一句，将鱼儿潜入水中的轻盈姿态刻画得栩栩如生，让人如同身临其境。

"荒桥断浦"两句，是全词的转折之笔。词人通过"桥断"与"苏堤"的对比，再次点明地点是杭州西湖，同时以"荒"字与前文的生机盎然形成鲜明对比，突出了西湖此刻的荒凉与落寞。"柳阴撑出扁舟小"一句，则静中见动，反衬出西湖此刻的寂静与空旷。

下片则进一步写景并抒情。词人通过描写溪水、空山、花香等意象，展现出了自然之美的无尽与浩渺。同时，词人借景抒情，表达了对逝去时光的留恋与对人生无常的感慨。

整首词情感真挚，意境深远。词人通过细腻的描绘和生动的意象，将春水之美展现得淋漓尽致。同时，词人将自己的情感与人生感悟融入其中，使得整首词既具有深厚的艺术内涵，又富有感人至深的情感力量。

此外，这首词还体现了词人高超的艺术造诣和独特的审美视角。词人善于运用各种修辞手法和表现手法，使得词中的意象更加生动、传神。

名家集注

元·邓牧《张叔夏词集序》：春水一词，绝唱古今，人以"张春水"目之。

清·陈廷焯《白雨斋词话》：玉田以"春水"一词得名，用冠词集之首。

上海辞书出版社文学鉴赏辞典编纂中心《唐宋词鉴赏辞典》：此词恐为结社题咏之作。吴自牧《梦粱录》云："（南宋）文士有西湖诗社，此乃行都缙绅之士及四方流寓儒人，寄兴适情赋咏，脍炙人口，流传四方。"张炎就是这类"西湖诗（词）社"中的一位著名词人，人称他"仰扳姜尧章、史邦卿、卢蒲江、吴梦窗诸名胜，互相鼓吹春声于繁华世界，飘飘征情，节节弄拍，嘲明月以谑乐，卖落花而陪笑，能令后三十年西湖锦绣山水，犹生清响……"（郑思肖《玉田词题辞》）这首《南浦·春水》词，就是他在宋亡前驰名词坛的"成名之作"，还因此而获得了一个"张春水"的佳名。

鹧鸪天（楼上谁将玉笛吹）

楼上谁将玉笛吹？山前水阔暝云低。劳劳燕子人千里，落落梨花雨一枝。

修禊近，卖饧时。故乡惟有梦相随。夜来折得江头柳，不是苏堤也皱眉。

译文

楼上是谁在吹奏着玉笛？我向远方望去，只见山前水阔，阴云低垂。燕子在忙碌着做窠。可是我思念的人却远隔千里。眼前只有一枝梨花在雨中与我做伴。

修禊的时节快要到了，街上开始售卖着各种糖果和糕点。然而，在这个热闹的时节里，我却只能依靠梦境来与故乡相伴。昨夜，我在江边折下了一根柳条，它虽然并非来自故乡的苏堤，但当我看到它时，心中依然充满了愁绪。

鉴赏

这首词不仅明写客中思家，还蕴含了作者的故国之思。

词的上片侧重写景，但景中寓情。起首两句"楼上谁将玉笛吹？山前水阔暝云低"，以问句的形式引出玉笛之声，随即描绘出一幅山前水阔、暝云低垂的画面。玉笛之声悠扬，似乎勾起了词人内心深处的某种情感，而苍茫的景色又为其情感增添了一层悲凉和压抑的色彩。

接下来，"劳劳燕子人千里，落落梨花雨一枝"，词人进一步描绘眼前所见之景。燕子千里奔波，劳碌不停，词人自己也流落千里，有如断梗漂萍，随风飘荡；而雨中梨花独自绽放，更显孤寂与落寞。这里的梨花不仅是自然景物，还是词人孤寂心境的

张
炎

写照。

下片则进一步抒发词人的情感。"修禊近，卖饧时"，词人提到修禊的节日和卖糖的时令，这些日常生活中的细节，使词人的思乡之情更加真切和深沉。"故乡惟有梦相随"，则直接表达了词人深深的思乡之情。故乡只能在梦中追寻，这种无奈和悲凉让人感同身受。

最后两句"夜来折得江头柳，不是苏堤也皱眉"，词人借折柳这一动作，表达了自己对故乡的眷恋和无法归去的愁苦。即使折的是江头的柳枝，而非故乡苏堤的柳，也足以让词人皱眉忧思。

整首词情感真挚，意境深远。词人通过细腻的描绘和生动的意象，将自己的思乡之情和离愁别绪表达得淋漓尽致。

名家集注

清·陈廷焯《白雨斋词话》：玉田以沉郁顿挫之笔，写凄楚恻艳之词，以易其荡而不返之习，故所作往往动人。

清·况周颐《蕙风词话》：玉田《鹧鸪天》云："楼上谁将玉笛吹？"处境既清，下笔亦清。平远情怀，令人愧慕。

辛弃疾

辛弃疾（1140—1207），南宋时期的杰出词人、军事家和政治家。原字坦夫，后改字幼安，号稼轩，出生于历城（今山东省济南市历城区）。辛弃疾与苏轼齐名，号称"苏辛"，与李清照并称"济南二安"。他的词作艺术风格多样，既有豪放之气，又不失细腻柔媚。是中国词坛上一位杰出人物。

辛弃疾的婉约词情感细腻，意境深远，如《青玉案·元夕》中的"蓦然回首，那人却在，灯火阑珊处"，便是千古名句。

青玉案·元夕

东风夜放花千树，更吹落、星如雨。宝马雕车香满路。凤箫声动，玉壶光转，一夜鱼龙舞。

蛾儿雪柳黄金缕，笑语盈盈暗香去。众里寻他千百度，蓦然回首，那人却在，灯火阑珊处。

译文

东风起，黑夜中绽放出千树银花，还吹得星星般的灯火如雨点般洒落下来。华丽的香车宝马在路上来来往往，各式各样的醉人香气弥漫在街道上。悦耳的音乐之声四处回荡，如凤箫和玉壶在空中流光飞舞，在热闹的夜晚中鱼龙形的彩灯在翻腾。

美人的头上都戴着亮丽的饰物，身上穿着多彩的衣物，她们在人群中晃动。她们面带微笑，带着淡淡的香气从人面前经过。我千百次寻找她，都没看见她，不经意间一回头，却看见了她立在灯火零落之处。

鉴赏

从艺术角度来看，这首词在描绘元宵节的盛况时，采用了生动细腻的笔触，使得整首词仿佛是一幅色彩斑斓的画卷：火树银花，宝马香车，凤箫悠扬，玉壶倾转，鱼龙飞舞，好一派繁华景象。然而在这热闹的场合中，词人却独自寻找着那个特别的人，终于在灯火阑珊处找到了她。整首词通过描绘元宵节的盛况，展现了词人对于爱情的执着追求和对于人生哲理的深刻思考。

上阕通过"东风夜放花千树，更吹落、星如雨"等词句，将元宵节的灯火辉煌、热闹非凡展现得淋漓尽致。下阕则着重描绘人们在节日中的欢乐情态，以及词人自己在热闹中寻找意中人的独特视角。这种结合描写，使得整首词在结构上更加紧凑，情感表达也更加深刻。

其次，从思想内涵来看，这首词不仅是对元宵节的描绘，还是词人内心世界的写照。词人通过元宵节的热闹场景，反衬出自己对于理想人格的追求和对于现实世界的无奈。词中的"那人"形象，既是词人心中理想女性的化身，也是词人自身孤高、超逸品质的象征。同时，词中的"灯火阑珊处"暗示了词人在现实世界中的孤独和失落感。这种情感表达，使得整首词在思想深度上更加丰富和深刻。

此外，这首词还体现了辛弃疾作为一位伟大词人的高超艺术造诣。他通过巧妙的构思和精美的语言，将元宵节的盛况和个人的情感完美地融合在一起，使得整首词既具有浓郁的生活气息，又充满了深刻的哲理思考。

清·谭献《谭评词辨》：稼轩心胸发其才气，改之而下则扩。起二句赋色瑰异，收处和婉。

清·陈廷焯《云韶集》：题甚秀丽，措辞亦工绝，而其气是雄劲飞舞，绝大手段。

梁启超《艺蘅馆词选》：自怜幽独，伤心人别有怀抱。

王国维《人间词话》：古今之成大事业、大学问者，必经过三种之境界。"昨夜西风凋碧树。独上高楼，望尽天涯路。"此第一境也。"衣带渐宽终不悔，为伊消得人憔悴。"此第二境也。"众里寻他千百度，蓦然回首，那人却在灯火阑珊处。"此第三境也。此等语皆非大词人不能道。

俞平伯《唐宋词选释》：上片用夸张的笔法，极力描绘灯月交辉、上元盛况。过片说到观灯的女郎们。"众里寻他"句，写在热闹场中，罗绮如云，找来找去，总找不着，偶一回头，忽然在清冷处看见了，亦似平常的事情。结尾只用"那人却在灯火阑珊处"一语，即把多少不易说出的悲感和盘托出了。前人对之，多加美评，如谭献评《词辨》，梁启超评《艺蘅馆词选》，王国维《人间词话》等。

夏承焘《唐宋词欣赏》：在辛弃疾的《稼轩长短句》里，有许多慷慨激昂的作品，像《破阵子·为陈同甫赋壮词以寄》以及前面谈过的《水龙吟·登建康赏心亭》等都是。但是他的作品风格是多种多样的，他的豪放激昂的作品固然振奋人心，而婉约含蓄的也同样出色动人。如《摸鱼儿》和《青玉案·元夕》就是。

唐圭璋，钟振振《宋词鉴赏辞典》：本篇是稼轩词中属于婉约风格的作品之一。作者笔下的"那人"，不慕繁华，自甘寂寞，与世人情趣大异，是一个富于象征性的形象。词人对"她"的追求，寄托了深刻的寓意，表达了不愿随波逐流的美好品格。梁启超曾评论说："自怜幽独，伤心人别有怀抱。"（《饮冰室评词》）这是很有见地的。

陆游

陆游（1125—1210），南宋时期杰出的文学家、史学家、爱国诗人，生于北宋灭亡之际，少年时期就深受家庭爱国思想的熏陶。他一生笔耕不辍，诗词文都有很高成就，尤以诗的成就为最，在生前即有"小李白"之称，不仅成为南宋诗坛一代领袖，而且在中国文学史上享有崇高地位，存诗9300首左右。

他的作品内容丰富多样，既有抒发政治抱负、反映人民疾苦、批判当时统治集团屈辱求和的作品，又有抒发日常生活的幽情逸趣的作品。他的诗饱含爱国热情，对后世影响深远，被誉为"小李白"。

钗头凤（红酥手）

红酥手，黄縢酒，满城春色宫墙柳。东风恶，欢情薄。一怀愁绪，几年离索。错、错、错。

春如旧，人空瘦，泪痕红浥鲛绡透。桃花落，闲池阁。山盟虽在，锦书难托。莫、莫、莫！

译文

你红润酥腻的手里，捧着盛满黄縢酒的杯子。满城荡漾着春天的气息，你却早已像宫墙中的绿柳那般遥不可及。春风多么可恶，欢情被吹得那样稀薄。满杯酒像是一杯忧愁的情绪，离别几年来的生活十分萧索。遥想当初，只能感叹：错，错，错！

美丽的春景如旧，只是人却因相思白白地消瘦。泪水洗尽脸上的胭脂红，又把薄绸的手帕全都湿透。满春的桃花凋落在寂静空旷的池塘、楼阁上。永远相爱的誓言还在，可是锦文书信再也难以交付。遥想当初，只能感叹：莫，莫，莫！

鉴赏

这首词是南宋诗人陆游的一首传世之作，以其深沉的情感和细腻的笔触描述了词人与原配唐婉之间的爱情悲剧，打动了无数读者的心。这首词不仅是陆游个人情感历程的写照，更是对封建礼教束缚下爱情悲剧的深刻反思。

首先，从艺术角度来看，这首词的语言优美、意境深远。词人巧妙地运用"红酥手""黄滕酒"等意象，既描绘了唐婉的丽质，又暗示了两人昔日共饮的欢愉时光。同时，"满城春色宫墙柳"一句，既点明了时间地点，又通过宫墙内外景象的对比，暗示了两人爱情悲剧的社会根源。整首词在结构上紧凑有序，充分展示了词人的艺术才华。

其次，从情感内涵来看，这首词表达了词人对逝去爱情的深深怀念和无尽追思。词人与唐婉的爱情原本纯真美好，却因封建礼教的束缚而被迫分离。多年后重逢，物是人非，词人内心的痛苦和无奈可想而知。词中"错、错、错"和"莫、莫、莫"的反复咏叹，更是将词人内心的悔恨和无奈推向了高潮。这种深沉的情感表达，使得整首词具有了强烈的感染力和震撼力。

最后，这首词还具有一定的社会意义。它揭示了封建礼教对人性的摧残和对爱情的束缚，使得许多有情人难以终成眷属。

名家集注

清·陈廷焯《白雨斋词话》："山盟虽在，锦书难托。莫莫莫。"

放翁伤其妻之作也。"不合画春山，依旧留愁住。"放翁妾别放翁词也。前则迫于其母而出其妻。后又迫于后妻而不能庇一妾。何所遭之不偶也。至两词皆不免于怨，而情自可哀。

清·贺裳《皱水轩词筌》：每见后人喜用此调，率无佳者。难于三叠字，不牵凑耳。

彭玉平《唐宋词举要》：这首词无论是昔今对照，还是对离异的反思，或是对自己当时情绪的自警，都透示着对前妻的强烈而深挚的爱。这种爱由缠绵悱恻到惊天动地再到伤心欲绝，昭示了封建家长制对青年男女婚姻的无情摧残。明代毛晋曾说放翁此词"孝义兼挚"（张宗橚《词林纪事》引），看来这个"孝"字，在词中是没有安顿之处的。陆游大概已认识到，正是自己孝而"不敢逆尊者意"，才造成目前如此的局面，追悔之意溢于言表，且"东风恶""莫，莫，莫"之句，实是对孝的一种反悖。在情和理的斗争中，还是情占了上风，而且从陆游的创作看，这种掺杂着爱恋和悔恨之意的创作之火，绵延近达半个世纪，确可以称得上是一出惊心动魄的爱情悲剧了。

唐圭璋，钟振振《宋词鉴赏辞典》：这首《钗头凤》最动人处是真情。作者通过与旧日情侣不堪的重逢，描写了二人深挚而无告的爱情和难以解脱的愁怀，表达了对封建礼教及其代表者的不满和抗议。字字血，声声泪，令"闻者为之怆然"。无此伤心之事，断无此伤心之语。这段辛酸的往事，成为词人终生的隐痛，直到白发晚年尚有《沈园》诸诗伤悼。正因为有这样一颗赤子之心，爱之深、痛之切，肺腑之言，信手成篇，遂成千古绝唱。

龚自珍

龚自珍（1792—1841），号定庵，清代思想家、文学家、改良主义的先驱者。龚自珍自幼聪明好学，27 岁中举人，38 岁中进士，曾任内阁中书、宗人府主事和礼部主事等官职。他深受西洋思想影响，主张革除弊政，抵制外国侵略，全力支持林则徐禁除鸦片。

龚自珍的诗文主张"更法""改图"，揭露清朝统治者的腐朽，洋溢着爱国热情，被柳亚子誉为"三百年来第一流"。他著有《定庵文集》，留存文章 300 余篇，诗词近 800 首，今人辑为《龚自珍全集》。龚自珍的思想与作品在中国文学历史上占有重要地位，对后世产生了深远的影响。

如梦令（紫黯红愁无绪）

紫黯红愁无绪，日暮春归甚处。春更不回头，撇下一天浓絮。春住，春住，黦了人家庭宇。

> **译文**
>
> 姹紫嫣红的花朵黯然失色，失去了往日的鲜艳，愁绪满怀，让人无心欣赏。日暮时分，春天的脚步渐行渐远，却不知它究竟归向何处。春光一去不复返，只留下一地零落的柳絮，漫天飞舞。春天啊，你能否稍作停留，为这失去色彩的房屋重新渲染上春的色彩！

鉴赏

在这首词中，龚自珍运用丰富的意象和细腻的笔触，描绘出春去花落的凄凉景象，表达了对春天逝去的惋惜和无奈。整首词语言优美，意境深远，充满了浓厚的艺术气息。

从词的意象和象征意义来看，"紫黯红愁"描绘的是春天即将逝去，花朵凋零的凄凉景象，透露出作者内心的愁绪。"浓絮"则指的是柳絮，象征着春天的离去和时光的流逝。

从情感表达上看，这首词充满了惜春之情。作者通过对春天逝去景象的描绘，表达了对美好事物消逝的感慨，同时也展现了对人生无常、时光易逝的深刻反思。这种情感真挚而深沉，能够触动读者的心灵。

名家集注

清·谭献《复堂日记》：词绵丽飞扬，意欲合周、辛而一，奇作也。

刘麒子《龚自珍全集》："紫黯红愁无绪"一本作"秉烛伐春三五"。"日暮"一本作"烛烬"。"更"一本作"断"。

郑振铎《文学大纲》：诗之别派号为"词"者，专门的作者在这时也颇有几个，大都是继于张惠言他们之后的。龚自珍之词，亦甚有名，其作风豪迈而失之粗率。项鸿祚、戈载、周济、谭献、许宗衡、蒋春霖、蒋敦复、姚燮、王锡振诸人，则或绮腻，或哀艳，或婉媚，皆未必有伟大的气魄如定庵。

钟贤培《龚自珍词学及词作浅析》：龚自珍写词，正如写诗文一样，受《公羊传》议政的启示，使用微言以表达深意，自成一格，为近代以词论政的词风的转变开创了新路，这对后来王鹏运、朱孝臧以及梁启超、秋瑾的词风都产生过积极的影响。

王国维

王国维（1877—1927），字静安，晚号观堂，浙江海宁人，是近代中国享有国际盛誉的著名学者。他早年追求新学，深受叔本华、尼采等西方哲学家思想的影响。早年赴日本留学，归国后先后任教于多所学府。他的研究领域广泛，涉及哲学、教育、文艺、史学、文字学和考古学等，并均有卓越的成就。

王国维的词学造诣尤深，他的词作意境凄清幽远，讲究炼字琢句，内容多表达厌世情绪。他的著作丰富，包括《人间词话》《宋元戏曲考》等62部作品，对中国学术界产生了深远的影响。

点绛唇（屏却相思）

屏却相思，近来知道都无益。不成抛掷，梦里终相觅。
醒后楼台，与梦俱明灭。西窗白，纷纷凉月，一院丁香雪。

译文

我下定决心放弃这无休止的相思，近来才深知这样做毫无益处。可是，难道真的能将这情思轻易抛弃吗？在梦中，我依然无法抗拒寻觅你的冲动。

醒来后，只见楼台旁的身影随着梦境的破灭而消散，仿佛从未存在过。西窗之上，月光皎洁如银，斑驳而清冷，映照着满院的丁香花，那洁白的花瓣在月光下宛如皑皑白雪。

鉴赏

这首词以婉约细腻的笔触，描绘出词人内心复杂的情感世界。他试图割舍相思，却又在梦中无法自拔；醒来后面对空寂的楼台，心中更是涌起无尽的惆怅。月光下的丁香花，则成为词人情感寄托的象征，既增添了词境的清冷之美，又深化了相思之情的哀婉之意。

首句"屏却相思，近来知道都无益"，词人直抒胸臆，坦言自己曾试图割舍相思之情，因为深知它只会带来无尽的痛苦。然而，这种决绝的态度却透露出词人内心的无奈和挣扎。接下来，"不成抛掷，梦里终相觅"，词人笔锋一转，道出相思之情难以割舍，即使在梦中也忍不住去寻觅那熟悉的身影。这种矛盾的情感表达，使得词作更加引人入胜。

下片"醒后楼台，与梦俱明灭"，词人将笔触转向梦醒后的现实。梦中的楼台与醒后的现实相互交织，如梦如幻，让人分不清虚实。这种虚实相间的描写，既增强了词作的神秘感，也进一步烘托出词人内心的迷惘和惆怅。

最后三句"西窗白，纷纷凉月，一院丁香雪"，词人借景抒情，以窗外皎洁的月光和满院的丁香花为背景，营造出一种清冷而凄美的意境。这种意境与词人内心的情感相互呼应，使得整首词作更加深情而动人。

名家集注

陈永正《王国维诗词笺注》：这是一首刻骨铭心的情词，相思是无法摆脱的，在梦中，在醒后，它总是揪紧着情人孤寂的心。此词结语，真可谓"物我两忘"，在缥缈恍惚的追寻中，别有一种幽清的韵致。在静安抒情小词中，当以此等作品为极则。此词1907年春作于海宁。